U0036337

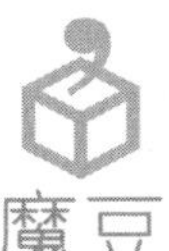
魔豆

魔豆

神使繪卷
The Story of GOD's Agents
08

目錄

【人物介紹】

安萬里

繁星大學文學研究同好會的社長，
同時也是神使公會的副會長，屬軍師型人物。
文質彬彬，總是笑臉迎人，但其實……
鉛字中毒者，身上總會帶著一本書，
有時會引用名著裡的句子。
妖怪「守鑰」一族。

宮一刻

繁星大學中文系一年級，暱稱小白。
在系上作風低調、不常發言，總是獨來獨往。
常使用通訊軟體或手機，與另一端不知名人士聯絡……
具有半神的身分，因緣際會下，
成為了曲九江的神！

柯維安

繁星大學中文系一年級。
娃娃臉，總是揹著一個大背包。
雖然腦筋動得快，但缺乏體力，
以喜愛不可思議事件及都市傳說聞名。
身為神使，大型毛筆是他的武器，
而他許下的願望，竟連妖怪都難以啓齒！

曲九江

繁星大學中文系一年級。
半妖，人類與妖怪的混血　，
對周遭事物都不放在心上的型男。
「山神事件」過後，成為宮一刻的神使。
出乎意料喜歡某種飲料！

楊百罌

繁星大學中文系一年級。
身為班代，個性高傲、自尊心強，
同時責任心也重；常被認為不好相處。
現為楊家狩妖士當家家主。

珊琳

綠髮、深棕色眼睛的小女娃，
擁有操縱植物的能力。
真實身分是山精，楊家的下一任山神。

秋冬語

繁星大學中文系一年級，系上公認的病美人。
外表纖弱，總是面無表情，也鮮少開口說話。
種族不明，隸屬神使公會的一員。
出任務時會戴著狐狸面具並穿著一襲斗篷，
但斗篷下卻是魔法少女夢夢露的裝扮；
武器是洋傘。

胡十炎

神使公會的會長，六尾妖狐一枚。
雖然是小男孩的模樣，但卻已有六百多歲。
常頂著張天真無邪的天使面孔，說出宛如
惡魔降臨的恐怖台詞……
對魔法少女夢夢露的愛，無人可比！

楔子

明明外頭是艷陽高照的極佳天氣，但這處房間卻是拉上了厚實的深色窗簾，將窗戶遮得密密實實，僅讓一絲金澄的陽光從窗簾下緣的空隙攀爬進來。

扣掉那點微弱的光線，這間位於高樓層的房間可說相當昏暗，大部分擺設都藏於陰影下，只露出些許輪廓。

但房間的主人像是毫不在意，寧願在這光線奇差的情況下，操作著面前的電腦。

隨著熾亮的冷光自電腦螢幕上浮透出來，連帶地也將使用者的大致容貌投映其上。

原來是名頭髮削得薄薄的女孩子，約莫高中生的年紀，額前炫目的漸層系橘色劉海就像被打上了一層光。

少女戴著一副細框眼鏡，大大的貓兒眼看起來有股說不出的狡猾意味，尤其嘴角還似笑非笑的，更加深了那份印象。

耐心等待運作中的通訊軟體，范相思一手托著腮，一手輕敲桌面，也不打算開個燈或是拉開窗簾什麼的，只是好整以暇地哼著歌，彷彿樂於窩在這片昏暗中。

如果是熟悉動漫的人聽到范相思哼出的曲調，馬上就會認出這正好就是廣受國高中生歡迎的「魔法少女夢夢露」的片頭主題曲。

當SKYPE的視窗跳出，同時橘色光點也在視窗上亮起，通知收到了新訊息。

范相思迅速掃過一輪，過濾掉一些不重要的消息，接著視線落在其中一個群組上。

看著上頭顯示的文字，范相思唇角揚得更高，鏡片後的眼眸微瞇，整個人散發出的狡猾勁愈發鮮明。

「哎呀哎呀……」清脆的嗓音迴盪在昏暗的房間裡，范相思饒富興致地自言自語起來，十指也擱上了鍵盤，開始快速打字。「原來最後還是要選這個時間和地點嗎？那麼，不全力奉陪怎麼行呢？畢竟都拿了人家的好處了。收多少好處就做多少事，我向來還挺喜歡這句話的。」

「卡噠」、「卡噠」的鍵盤敲打聲還在繼續，少女的自言自語也沒有停下。兩者組合起來一點也不突兀，反倒像是首富有節奏感的樂曲。

「不過我個人更喜歡的，還是『不做事就能拿好處』這句，喜歡到都想裱框起來、掛在我的床頭前了。只可惜……天下終究沒有白吃的午餐，那就只好盡所能地多撈點好處。錢啊錢啊錢啊，人家可是最喜歡的啦～」

簡直像哼歌似地將尾音拉得長長的，范相思看起來相當愉快。她仔細檢視自己在對話框內打上的文字，沒有半點遺漏後，她彎起飽滿富有彈性的唇瓣，貓兒眼中閃過一抹精明的光芒。

然後鼠標毫不猶豫地點擊了「傳送」。

對話送出，同時那也是范相思給群組的最後一串訊息。隨即她俐落地退出了SKYPE，將背部完全貼靠在椅背上。

范相思舉起兩隻手臂，使勁地伸了一個懶腰。

「啊啊，這樣事情就算交代完畢了吧？接下來嘛……」范相思身體往後仰，椅腳翹起了兩隻，而她的雙腳甚至沒有踩著地面。

在這樣令人不禁要捏一把冷汗的情況下，她卻還有辦法維持巧妙到精準的平衡，不讓自己連著椅子向後摔倒。

范相思若有所思地摸摸嘴唇，「接下來就是正式行動了，有點期待和那些人對上哪。」

范相思右手忽地一動，也不知道她做了什麼，一把摺扇瞬間出現在她掌中。

五指握著扇柄，范相思輕輕於半空中畫出一個圓。

奇異的事發生了。

該是空無一物之處，赫然平空出現一幅照片影像。

那是三名年輕男性的身影。

似乎沒有發覺到有人偷拍，三人的視線焦點並沒有對上鏡頭。

左邊的是名個子極高的青年，英挺俊逸，眉宇間透著嚴謹，散發出的氣質同樣一絲不苟。

「一看就像是禁欲派的，這類的麻煩又無趣哪……」范相思維持著在他人眼中和「危險」

劃上等號的坐姿，舉起收攏的摺扇，作勢在那名青年面前畫一個大X。

至於影像中間和右邊的，則分別是身高最矮小的娃娃臉男孩，和體型在三人間居中的白髮男孩。

前者頂著亂糟糟的鬈髮，臉上有些雀斑分布。要是不曉得他的確切年紀，恐怕會誤以爲是未成年的國中生；後者則與前者無害的氣質全然相反，眼神銳利凶狠，彷彿在昭告著「生人勿近」，再襯以耳上那一排耳釘，在大眾眼中無異要被貼上「不良」的標籤。

「這隻的女難已經發生了，可惜還沒結束。」范相思的扇子頂端先是移向照片中央，再移往最右，「這隻則是水難還沒發生，不過估計也不會拖得太久……哎哎，那時果然要收點占卜費用的，我的占卜可是向來很少出錯。就不知道所有的一切，會不會都剛好挑在行動的時候發生呢？」

像是覺得有趣般笑著瞇起雙眼，范相思「唰」地展開摺扇，半張臉隱在扇後，旋即扔開扇子，靈巧地跳躍起來。

空中的男性影像也跟著一併消失。

短髮少女踩著無聲的步子來到窗前。就在她雙手霍然拉開窗簾的剎那間，被阻隔在外許久的大量陽光也爭先恐後地湧進。

絲毫不因刺眼的光線瞇起眼，范相思從高樓層所在的窗戶望出去。

繁星市正沐浴在朝陽之下，整座城市看起來閃閃發亮。

然而就在對面的高樓窗台欄杆上，卻是蹲踞著數十條漆黑影子。它們乍看下像是鳥類，黑色的身軀與黑色的尖喙讓人想到烏鴉。

可是范相思看得清楚，那其實是一隻又一隻的摺紙黑鳥。

明明就是以薄薄的紙張摺出軀體，那些黑色的鳥類卻能低啞地發出呱叫，刺耳的叫聲頓時替早晨帶來了幾分不祥的氣息。

黑鳥的頭全朝著范相思房間的方向，即使它們沒有雙眼，仍能感覺到彷彿沉默地在監視著什麼，或者說是監視著某人。

無視自家窗外有著多隻黑鳥棲停，范相思推開窗扇，做出了讓人忍不住驚慌失措叫喊的動作。

她坐上完全沒有欄杆圍立的窗台，雙腿懸空地垂掛在外，腳下是驚人的高度。

「魔法少女夢夢露啊……就說那歌也沒有特別好聽，怎麼連小伍、小陸都喜歡？嘖嘖，真是讓人無法理解的品味……」

范相思無懼身下毫無安全防護，她踢晃著雙腳，露出微笑，「算啦，畢竟這可是美好的一日哪，令人……」

「無比地期待。」

回應少女低語的，依舊只有外頭黑鳥的啼叫。

嘎！

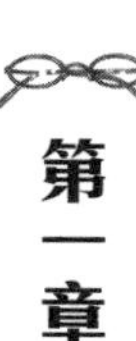

第一章

咚、咚、咚！

疑似有什麼在大力敲撞窗戶玻璃的聲音，然後還伴隨著尖銳高亢的大叫。

「嘎！嘎嘎！柯維安，笨蛋娃娃臉，出大事了啊！還睡？你還睡？本大爺說出大事了啊啊啊！」

雙重噪音的炮火攻擊下，蜷縮在被窩裡的柯維安痛苦地扭動著身子，試圖把自己藏進棉被最深處。

可噪音還是鍥而不捨地持續追擊著，像是怎樣也擺脫不掉。

咚、咚、咚！

以及——

「柯維安，你的分身和你的那個朋友被藍藍的抓走了！我說他們被抓走了你知道嗎？」

分身？什麼東西……柯維安大半意識都還陷在夢境中。他費力地捕捉著片段的關鍵字，昏沉的腦袋一時難以順利運轉，他只覺得很吵，還有……

朋友？藍藍的？

小白和水瀾……小白被水瀾抓走了!?

一個激靈，柯維安立時擺脫夢境的糾纏，猛地張開雙眼，揮開棉被彈跳起身，連串動作可謂一氣呵成。

「小白！」柯維安慌亂地轉望向窗外，無暇去在意自己怎麼睡前和睡後的位置完全顛倒。他看見窗戶外有一隻大烏鴉拍騰著翅膀，還不時用堅硬的鳥喙啄著玻璃。

柯維安忙不迭地解開鎖扣，一把拉開窗戶，「八金，你說小白他怎麼了?」

「小白?你說那個白頭毛的人類?本大爺怎會知道他發生什麼事了。」八金自動自發地飛到柯維安腦袋上，就算這可能讓牠面臨生命危險，牠就是沒辦法抗拒那頭亂髮的吸引力。

簡直就是完美的鳥巢啊，嘎！

好鳥巢，身為一隻鳥，又怎能不去蹲呢?

「等等、等等，你到底是在說……」柯維安腦袋有些混亂了，尤其他剛剛又突然自夢境中脫出，思考的速度可說比平常來得慢上一拍，也因此才會沒在第一時間將頭頂上的八金扯下。

「當然是在說鳥話啊，本大爺是正港烏鴉嘛！」八金臨風顧盼地打量這房間。

和一般旅館的擺設差不多，就是簡單樸素了些，沒什麼花俏的裝飾。地板是木頭紋路，而且靠牆邊的一張椅子上還窩著一團……

「媽呀！超巨大倉鼠！」八金嚇得羽毛蓬起，翅膀也下意識防禦性地張開。不過等牠再定睛一看，就發現那原來是個裹著連帽外套、蜷睡在椅上的男性。

外套上的兜帽蓋住了那人的腦袋，但仍能瞧見有幾綹灰色髮絲從帽簷底下偷偷伸展出來。

換八金的腦袋混亂起來了，「咦？啊咧啊咧——柯維安，你的同伴怎麼在這裡？他也開了分身嗎？」

「……同伴？黑令？」柯維安目光順勢轉去，登時也望見那名睡在椅子上的年輕狩妖士。

姑且不管爲何那人有床不睡，光看那具超規模的高大身材居然硬是在椅子上縮成一團，柯維安都覺得自己好像能聽見對方的骨頭正嘎吱地發出抗議的聲音了。

不過他的同情心也只有一、兩秒，對於黑令有床不睡睡椅子的疑惑，很快就扔到後方。他大腦這時總算清醒過來，思考速度也恢復平時的敏捷。

「八金，你說的同伴是指黑令？」

「對啊，你和那個大個子不是一起被水藍藍的抓住了嗎？但你們兩個現在又一起出現在繁大的接待會館裡……眞奇怪啊，你們倆都開分身嗎？分身被抓，然後本尊待在這裡？害本大爺拚命飛呀飛的，好不容易飛到繁大想找救兵，卻看見你們在這。」

看著一旁梳妝台鏡子映出八金納悶歪頭的模樣，柯維安不禁都要佩服起自己，竟然有辦法大致理解對方在說什麼了。他深吸一口氣，再深吸一口氣，深切地了解到，當一刻被莫名其妙吵醒時，爲什麼火氣指數會飆升到那麼高。

因為他現在充分感受到那種怒火攻心的滋味了。

「八、金。」柯維安露出無害的笑容，下一秒，迅雷不及掩耳地拽住八金的腳，毫不留情地將牠往手邊的窗戶甩，不偏不倚砸在玻璃的那一面。

無視響亮的聲音與八金的慘叫，柯維安笑得咬牙切齒，「我就知道你的腦袋內容物根本就是過保存期限了，全腐爛光了！誰跟你分身、本尊？我要那麼厲害，早就在各大百貨公司的嬰兒用品樓層都開一個分身、去欣賞小天使了！」

「嘎啊……」八金頭下腳上地滑落床鋪，虛弱的喊聲像是在說「就算沒分身，你還不是也去蹲點偷窺那些軟綿綿的人類幼生體了嗎？」

「把你錯亂的時間也順便調一下，你講的是前天發生的事了。」柯維安將枕頭再扔過去，正中八金的腦袋。「我和黑令早從水瀾的空間脫離出來。那位小姐叫水瀾，不是水藍藍。還有，你飛得也實在太久了，都飛兩天一夜了。」

「欸？是這樣嗎？怪不得本大爺總覺得哪裡奇怪……」八金奮力從枕頭下鑽出來，一隻翅膀故作深沉地抵在尖喙下方。

柯維安一點也不想再回應那隻腦袋時好時壞的烏鴉了，他抹了把臉，順便想把亂翹的頭髮按得乖順些。由於被八金突然驚醒，他都記不得自己先前作了什麼夢。

不過也無所謂，他很少作夢，一旦作了夢也幾乎都是噩夢。

將臉埋進掌心裡，柯維安用力閉了下眼，甩掉那些亂七八糟的情緒，重新整理這幾天所發生的事。

前天，他和黑令、一刻、蔚商白、白糸玄四人，爲了調查神使公會的小貓妖失蹤事件，在繁星市裡分頭展開巡視，看能不能從中找出不對勁的地方。

妖怪失蹤本來不足以讓神使公會和狩妖士合作，然而當失蹤處被留下了一張疑似狩妖士挑釁公會的卡片後，情況便大不相同。

假使卡片上的內容被公開，輕易就能造成神使公會的妖怪和狩妖士之間的嚴重對立。

爲了不使事情走至那一步，身爲公會會長的胡十炎與狩妖士三大家的家主暗中達成協議，兩方均派出人手，私底下合作調查處理。

白糸玄和黑令，就是狩妖士那方指派的代表。

只不過在巡視中，他們卻先後遭遇到水藍色的古怪少女，和戴著黑狐面具的不知名人士攻擊。之後，與符家疑似有著糾葛的少女被瘴異入侵，失去了行蹤；另外幾個人也逃逸了，但已經可以確定那些人就是綁架妖怪、挑釁公會的凶手。

而對方的身分，正是狩妖士無誤。

接著，他們更藉由留在戊己身上的線索，找到那幾個不肖狩妖士在臉書上建立的社團，進一步發現對方下一次預定行動的時間。

就在今天，八月一號，地點一樣是在繁星市。

爲了方便行事，除了白糸玄外，所有人這幾天直接留宿在胡十炎提供的住所——繁星大學的接待會館。

這裡原是社團辦公室的集中地，後來另建了社團大樓，就將這處空出來的地方改爲能讓校友或校外人士入住的旅館。

至於白糸玄在得知事情眞與狩妖士有牽扯後，便以必須親自向家主稟報爲由，先行返回符家一趟，正式行動時再會合。

「眞是的，本來就頭很大……被八金早上這麼一吵，頭就更大了啊……」柯維安放下手，哀聲嘆氣地抱怨，「要是小白甜心能和我住同一間房、睡同一張床的話，我一定可以滋潤得像朵花一樣。」

「菊花嗎？」有人慢吞吞地問。

「呸呸呸！死八金，要說也是薔薇花好嗎？」柯維安立刻再抄起顆枕頭，丟向還在裝深沉的八金。

「嘎！」八金只來得及喊出這一聲，後面的「才不是本大爺說的」當場被迫吞回喉嚨內，連冒出頭的機會也沒有。

「嘤嘤，虧我還特地叫老大把房間弄成雙人床……可恨啊，爲什麼睡在小白旁的不是我？

為什麼睡在我旁邊的……」

「我沒有睡你旁邊，兩天，都沒有。」

「也對，我旁邊根本就沒有人，一人獨佔大床的滋味也挺不……等等。」柯維安像是後知後覺地發現到不對勁之處。他倏地閉上嘴巴，先望向八金，那隻大烏鴉還被埋在枕頭下，於是他再看向另一邊最有可能傳出人聲的那個方向。

窩坐在椅上的巨型倉鼠……不對，是巨大人類，不知什麼時候早就睜開了雙眼。即使是剛醒來沒多久，那雙淺灰的眼瞳仍給人像狼一樣的凌厲感。

只是和這雙眼相比，黑令伸展修長手腳的動作卻是溫呑的。

柯維安看了都忍不住要產生對方該不會是身上有哪處齒輪生鏽了的錯覺。

不對，就算黑令的骨頭開花都與他沒關係。柯維安飛快拋開這念頭，跳下床，抬頭挺胸地打算與黑令好好討論嚴肅的話題。

但在發現自己就算踮了腳尖，也還是沒辦法與黑令平視，柯維安「嘖」地彈下舌，重新站回床鋪上——他忽然可以理解胡十炎喜歡站在桌上與人說話的心情了。

「首先，我要嚴正地糾正。」柯維安豎起一根手指，「床很大，我不喜歡和小白以外的高個子睡，可是也不會沒良心到不讓人上床休息。再來，不准用菊花來形容我。」

「我沒有覺得，你沒良心。」黑令脫下用來充當棉被的外套，露出灰色的髮絲。或許是剛醒來不久，他說話的語調更低更慢，「但你的睡相差……不是很好。」

這裡的停頓可能是爲了將「差勁透頂」改成委婉的形容。

「你連兩天都踢到我。還有，菊花不好？我就喜歡麵線菊。」

菊你個毛線！你喜歡麵線菊干我什麼事啊！柯維安反射性在心裡吐槽，接著才霍然想起自己昨天起床時，黑令早就不見人影了，所以他才不知道對方原來沒睡在床上。

「嗯，好吧……我身體的潛意識就是討厭比我高的人吧，特別像你這種超規格的。」柯維安不是很有誠意地聳聳肩，他彈下手指，「話題到這結束。你下次再說我像菊花，我鐵定免費送你大把菊花，還是白色的。對了，你可以先幫我到隔壁房，跟我家小白說一聲嗎？我有事要忙，晚點再過去找他。」

「不要，我拒絕。」黑令很乾脆地給出回答，「欠我人情的，是你才對。」

「我我我！本大爺願意、樂意、自告奮勇！」八金大叫著拍動翅膀飛起。基於動物的本能，牠感覺到再多逗留一會兒似乎就會有危險落到自己頭上。

「呵呵，可惜我不樂意耶。」柯維安扭頭對八金笑得一派天真無邪，只是那雙大眼睛裡並沒有丁點笑意。

八金的尾羽像受驚似地炸了起來，牠眞的覺得自己要大難臨頭了，而那「災難」此刻正邊微笑邊逼近著牠。

「你以為我會忘記我說過的話嗎？再踩我的頭，我就要把你徹底染色，顯然就是今天了。」柯維安伸出雙手，他的個子即使在男性中再怎麼矮，對一隻烏鴉來說也夠巨大了。

柯維安的影子籠在八金頭頂上，如同一片帶來不祥的烏雲。

「不不不……」八金眼中驚恐含淚，瑟瑟發抖，「本大爺可是良家公鳥，不要剝奪我的清白啊嘎——」

淒厲的尖號聲中，房間的另一名主人就像什麼事也沒發生般，完成了他刷牙洗臉的工作，且自顧自地往房外走。

某部分似乎缺乏常識的黑令，顯然也知道大清早製造噪音是件很沒公德心的事，因此他沒有忘記關上門，將八金的慘叫全數留在房內。

當一刻在會館大廳裡看見柯維安手裡抓著的那隻大白烏鴉時，他不禁結結實實地愣住了。

「看啥看？沒看過帥鳥嗎？」眼下還被塗了一團粉紅的白烏鴉，有氣無力地瞪了一刻一眼，但從牠的眼神中，可以看出已對人生失去眷戀的絕望模樣。

一刻不太擅長認人、記人，但要認出一隻會說話的鳥——尤其對方又是天生討人嫌的自大態度——這對他而言還不算是難事。

即使那鳥如今全身雪白，臉頰各多了一處像是腮紅的粉紅色，他依然認得出來。

那是八金。

「是八金對吧？」不過爲了保險起見，一刻還是反射性問了身旁的蔚商白。反正對方早知道他這毛病，也不怕在對方面前丟這點面子。

「嘎，錯！我是八金的兄弟，本大爺叫八銀！」先搶話的是八金。

「喵，騙人！」可惜立刻就有貓戳破八金的謊言，將一刻的肩頭當成專屬席的戊己大聲說，「八金才沒有兄弟，八金就只有八金而已喵！小白大人，我沒騙你！」

「我可以肯定妳沒騙我。」一刻摸摸戊己的頭，換來那隻小白貓撒嬌般地靠蹭。

一刻沒再多理會八金，目光改直接落在前來大廳與他們二人一貓集合的另外兩人——柯維安和黑令，雖然現在又計畫外地多出一隻被染色的大烏鴉。

一刻不用多想，也猜得出這是誰的傑作。

「柯維安，這是怎麼回事？」一刻挑起眉，帶有魄力的視線掃向自己的娃娃臉同伴。

「小白，你要知道一件事。其實呢，烏鴉原本就是白色的。」柯維安抬頭挺胸、振振有辭地說，「但因爲牠太愛美，想在身上塗各種顏色，結果最後就變成一團黑了。所以我是在幫八金返璞歸眞，小白你信我。」

「眞心話呢？」一刻才不吃柯維安這套。

「都是八金這隻蠢烏鴉擾人清夢不說，還把我的頭又當鳥巢蹲，因此人家才特別送牠這種愛與夢想還有純潔的顏色。」柯維安拎高八金，還是有辦法笑得一派純良無害，眼睫毛還無辜地搧呀搧。

一刻翻下白眼，才不想管這一人一鳥間的愛恨情仇，隨後他注意到蔚商白似乎若有所思地盯著八金瞧。

這可就不太尋常了。

「怎麼了？你看出什麼了嗎？」一刻好奇問。

「我只是認爲，粉紅色別塗兩頰，塗在翅膀上或許不錯，不然會讓人想到紙紮。」蔚商白語氣嚴肅，甚至帶著幾分像在做學術研究的口吻。

「戴朵花可以更美觀，菊花適合。」黑令居然也慢條斯理地加入了話題，只是他的嗓音仍是一貫地低緩、提不起幹勁，還眞讓人難以判斷他是不是認眞的。

不過經過這一、兩天的相處，柯維安已經明白那名灰髮狩妖士壓根不會開玩笑。

也就是說，對方很認眞。

柯維安原本要誇獎蔚商白品味的話，頓時噎在喉嚨裡，他啞口無言地瞪著黑令，只差沒抓著對方的肩膀問：「你到底是對菊花多情有獨鍾？你想要我眞的可以送你，還包準清一色都是白的！」

一刻則是眞心認爲這對話未免太無聊了，他們一群大男人爲什麼一早就得討論一隻鳥的配色問題？於是他果斷俐落地大手一揮，宣布該出門辦正事了。

他們今早的計畫就是前往神使公會一趟。

其實這主要是柯維安提的主意。

自從前天得知那幾個黑狐面具狩妖士的下次活動時間後，柯維安便提議乾脆由他們這方主動放出「餌」，讓對方自動上鉤。

那些狩妖士想要狩獵妖怪，他們就負責提供妖怪讓那些傢伙狩獵。

當然，不會是真正的妖怪。

在乘車前往神使公會的路上，四人加一貓一鳥窩在繁大校車的最後一排座位。柯維安壓低聲音，向眾人再次解釋他的全盤計畫。

「那個狩妖王國雖然標出了八月一日、也就是今天，要再次展開狩獵妖怪的行動……」就算因為放暑假，校車上只有三三兩兩的乘客，柯維安還是很注意音量，「可是詳細的時間和地點他們只用簡訊發送，我們只知道會是在繁星市，今晚。」

沒有人問為什麼柯維安能篤定是今晚。

無論是神使或狩妖士，默認的活躍時間都是在夜晚時分。昏暗的夜色可以為這兩種對一般大眾來說超現實的身分提供保護，減少他人的注目。

同時，大多數妖怪也喜歡在夜間出沒。

就算那叫小伍、小陸的兩人給人急躁突進的印象，可是與范相思交過手的一刻、蔚商白則是不約而同地認爲，有那名狡猾的女孩子在，不可能會讓一個需要避人耳目的正式行動，在白日堂而皇之地進行。

「狩妖王國的成員究竟有幾人不好判斷……不過我們目前能確定的有小伍、小陸，還有那位范相思等三人。」柯維安用氣聲說，「戊己，甲乙他們被帶走時，你們對上的也是三個人，對吧？」

「喵。」戊己也學柯維安壓低音量，小小聲地說，「是三個人，我記得很清楚。」

「好，假設他們眞的只有三人，但誰知道會不會分三邊行動？所以我認爲與其在我們人手本就不多的情況下，四處尋找他們，倒不如想辦法讓他們吃下我們放出的餌，乖乖地自投羅網。」柯維安將食指和拇指圈成一個圓，嘴角勾起狡黠的弧度。

「你昨天打電話回公會，就是請他們準備你所謂的餌嗎？」一刻立即抓住重點。

「賓果！甜心你說對了！」柯維安一彈指，這次忘記放低音量，頓時引得前方乘客回頭。

在看見後座那排清一色都是男性後，那些疑惑的眼神不禁變得狐疑或是含帶溫暖的祝福。

柯維安向來擅長解讀他人眼神的含意，不過這種時候他還眞希望自己不要有這項技能。這樣就可以不用知道坐在自己身旁的白髮男孩，此刻狠狠刺向自己身上的眼刀是什麼意思。

嘤嘤，他家小白看起來像是想要一拳砸在他臉上……

如果柯維安的內心獨白能被蔚商白聽見的話，那麼後者會告訴他：宮一刻有時也懂得看場合，再考慮要不要動拳頭的。

事實證明，蔚商白果然比較了解一刻的性子。

「甜心？甜你老木啊！」一刻飛快抄起被柯維安抱著、假裝自己是大型填充玩偶的八金，一把砸在柯維安臉上。

「嗚呃！」

「嗚嘎！」

同樣受到衝擊的一人一鳥發出了哀號。

要不是知曉場所不適合，柯維安真想撲抱住一刻，哭訴對方郎心如鐵。但他心裡清楚，眞撲上去，自己可能就沒辦法好好地到神使公會了……

「小白，下次別對著臉砸啊，看在人家還沒解釋完的份上……」柯維安哀怨地揉揉鼻尖，唇角也被撞得有些發痛。

「餌絕對不可能找眞的妖怪，否則被他們知道了事情始末，老大他們想避免的對立就眞的要爆發了。因此我們要用的，是可以注入妖氣使之活動的好東西。暗示，就是上回在岩蘿鄉，老大用過的好東西喔。」

這對一刻來說壓根不是暗示，而是明示了。

近一個月前的岩蘿鄉事件，胡十炎當時就是將力量寄附在公會開發部酒後開發出來的吉祥物——咩咩君身上。

那是隻有著長長眼睫毛的綿羊玩偶，特色是那雙會說話似的大眼睛，性別男。女性版本的則是叫咩咩子，差別據說是頭上會別朵花。

「你要借咩咩君？但一隻夠嗎？而且要注入誰的妖氣？」一刻皺起眉頭。

「呼呼，當然是借不止一隻，所以我昨天才特地打電話回去，請開發部全力支援，他們部長也是知道甲乙他們被綁走的知情人士之一。」柯維安沒有說的是，他其實是用一張張亞紫的細肩帶短褲照，換來了開發部部長毫不猶豫地應允。

思及他人或許不知道咩咩君是個什麼樣的玩意，柯維安正打算從手機調出照片，沒想到一支手機忽地從旁被遞了過來。

「是這個？咩咩君？」蔚商白說道。他的手機螢幕上，此時顯現的是張綿羊玩偶的照片。

「對，就是這個。」柯維安連忙點頭，「小可的哥哥，你怎麼會有……」

「可可當初偷溜到岩蘿鄉玩時照的，有傳到LINE上。標準的有本事玩，卻沒本事乖乖唸書。」蔚商白雲淡風輕地說道：「另外，我個人認為一隻羊能用後腳直立，睫毛那麼長，眼睛那麼大，有點不科學。」

「喂，你別苛求一個玩偶了。」一刻吐槽。

「這隻羊……」坐在柯維安另一端的黑令也投來意興闌珊的一眼，他雙手隨意地交握在腿上，一隻手上還纏綁著顯眼的繃帶。「眞醜。」

「喵／嘎！不能說咩咩君醜或矮，它會哭給你看的！」戊己和八金異口同聲地說：「會一邊用頭衝撞你，一邊哭給你看的啊！」

「靠杯，這什麼羊啊……」一刻抹了把臉。

「是心靈脆弱得像廁所衛生紙的羊。」柯維安笑咪咪地做出結論，繼續讓話題回歸到他們的晚間計畫。

不知不覺中，繁星大學的校車也來到了銀光街的街口。

坐落在這條別稱「補習街」街上的銀光大樓，正是一刻等人此行的目的地。

眾人魚貫下了校車，柯維安走在最後，手裡抱著八金。

利用前方黑令剛好形成的一道巨大屛障，阻擋乘客的視線，八金偷偷和柯維安咬起耳朵。

「喂，柯維安，你眞的要帶那個巨人狩妖士進公會？」

「班代也是狩妖士，大夥不就很歡迎她嗎？」

「那是因爲她是美女……不，是楊家的。那傢伙是黑家的吧？」

「黑家中立，這事大家也知道吧？放心，我敢帶，就表示我有心理準備。況且，依他那性子，我都覺得他會自得其樂地找個陰暗角落窩著，連動都沒興趣動。大不了我找包南瓜子塞給他吃，打發時間好了。」

「喂，你眞把人當倉鼠了嗎？不過這種巨大版的，本大爺一點興趣也沒……不對啦！柯維安，我是要說……」

八金的聲音被校車「卡啦」的關門聲蓋了過去，就連後半段的句子也淹沒在引擎發動的聲響裡。

或許只有八金才知道自己說了什麼。

——本大爺在那個傢伙身上聞到不怕死的氣味。可是就某方面來說，你不是最討厭不怕死的人嗎？本大爺是在擔心你啊，笨蛋鬈毛柯維安！

第二章

一般人眼中，銀光大樓只不過是幢普通、有些年紀的高聳建築物。但實際上，它卻是神使公會的本部基地，老舊的外表只是矇騙世人的假象。

眞正的銀光大樓，或者說是神使公會，有著新穎光滑的金屬外牆，內部空間比外觀看起來還要廣大，而且存在於特殊的結界之中。

普通人絕對不會有主動靠近這幢大樓的欲望，在他們的意識裡，只要接近就會浮出一個聲音，告訴他們那只是一棟毫無吸引力的建築物。

也因此，眞正能在此處進出的不外乎是神使公會的成員，或是公會相關人士。

一刻來到神使公會的次數稱不上多，起碼和柯維安一比，眞的只能算少。但他大略還記得公會大門的警衛是一位姓苗、名字像警官還警察的中年人。

「苗叔。」見到長輩要打招呼，是一刻自小就被灌輸的觀念，只是櫃台後的中年男子卻露出了受到打擊的表情。

「小白，這位是杜伊升，不是苗錦關大叔啦。」柯維安趕緊拉拉一刻的衣角，小小聲地說。

「咳……」一刻不禁也有絲尷尬，「那個，很抱歉，杜大叔。」

是說公會警衛的名字都非得那麼獨特嗎？苗「警官」和杜「醫生」？

「是沒關係啦。」杜伊升也不是會爲此計較的人，他咧咧嘴、揮揮手，隨即眼尖地注意到一刻的衣襟後忽地探冒出一顆小巧的白色腦袋。他愣了一愣，緊接著掩不住滿臉驚喜加交，「戊己？妳總算回來了！」

「喵，是小白大人帶我回來的。小白大人超帥氣！」戊己靈活地爬了出來，改將一刻的肩頭當成特等席，「跟老大一樣帥氣！」

「喔喔，等級和老大一樣，那的確是很不得了呢！」杜伊升敬佩地說，話鋒又一轉，「是說我的帥氣度應該也不錯啊，起碼和老苗比起來，一定高上許多百分點。白小弟，下次你見到我們兩人，鐵定就能分辨得出來。」

「……我姓宮。」一刻已經對糾正自己正確姓氏這件事越來越想放棄希望了。他忍不住厲了柯維安一眼，反正百分之八十都是這小子四處宣傳這綽號的錯，說不定哪天他們系上的人就連他叫什麼也不記得了。

一刻倒是忘記，這綽號最初其實是出自於曲九江之口。

「對了，另外兩位是……個子都還眞高呀。」杜伊升幾乎是佩服地嚷道：「特別是灰頭髮那位，眞讓人想知道他是吃什麼才有辦法長那麼大的……老大這次估計都得在桌上再放張小板凳，然後站在上面說話，才能傲視群雄。」

「我聽到了嘎！本大爺聽到了！」原本一動也不動、不想被人留意到自己這身可笑顏色的八金，猛地張開翅膀飛起，直衝高處，「我要去跟老大講，警衛部的杜伊升說他壞話！嘎嘎！砍津貼、砍津貼啦！」

「我靠！死八金，居然是你！我還以爲那白肥鳥只是個裝飾品！」杜伊升忙不迭地撐起身子，手臂奮力往上抓，「你給我下來！」

但已經來不及了，八金得意地笑、得意地笑，笑得一晃眼就不見鳥影。

「慘了，死定了……」杜伊升面如死灰，頹然坐下，「前幾天我們部才被砍了宵夜津貼，再砍的話，惠先生會掐死我的。」

「你再不讓我們進去，等不到人的紅綃也會抓狂宰了你的，聽說她昨天又熬夜。」柯維安敲敲櫃台邊緣，表面催促，暗中則是被一刻的目光刺得有些坐立不安。「那個比小白高，看起來一表人才、英明神武的，就是小可的哥哥。蔚可可你記得吧？小語的好麻吉，就期末考那時曾到公會玩的那位……啊！」

「期末考的時候還跑來這玩？眞有本事。」蔚商白推扶一下鏡架，平靜地說。

可是那種像是風雨欲來前的危險感覺，令一刻和柯維安不禁在心中爲遠方的蔚可可點了根哀悼的蠟燭。

「咳咳，然後另一位更高，高到有點惹人嫌的是……算了，你當他是活動背景就好。」柯維安匆匆結束介紹，「總之是客人，你就快點讓客人眞正進入公會吧。」

就算還沉浸在自己部門可能又要面臨砍津貼的低迷情緒中，杜伊升也明白最好不要招惹熬夜的開發部部長的道理。他馬上在櫃台後的電腦鍵盤敲打幾個鍵，就在他按下最後一個鍵的下一刹那，大樓內的景象連同空氣似乎扭曲了。

一刻等人只覺得眼前像有波紋閃過，再定睛一看，就發現赫然已身處和之前截然不同的金屬灰空間中。

一團巨大黑影冷不防自高處落下，一沾地，黑影就像液體褪去，被吸入光可鑑人的地板。

「維安、小白大人，還有小白大人很帥的朋友！」粉紅長髮、紫晶眼眸的小女孩露出害羞又欣喜的笑容，「歡迎回到神使公……呀！戊己！是戊己回來了！」

胡里梨瞬間爆出興奮的嚷叫，她這一嚷，立即響徹了公會。

原本還不見多少人的上方樓層，登時多抹身影衝出至走廊上，紛紛探頭往下望。

一時間，從天井向上看，只見多層走廊邊緣圍了黑壓壓的人群。

「眞的是戊己！」

「那甲乙、丙丁、庚辛呢？」

「那三隻小貓也回來了嗎？」

「老大說他們是去修行了，好讓自己進一步成爲偉大的帥狐狸是吧？」

「慘了，那不會一輩子都回不來嗎？」

「喵喵！才不是！哥哥們是被……」戊己的大聲反駁馬上被人一把摀住。

「別說出來，胡十炎吩咐過的。」一刻壓低聲音交代。

戊己困惑地睜大眼，可是既然是他們最崇拜的老大吩咐的，那牠一定會努力保密。

「戊己還小，先回來休息，甲乙他們還在苦行中！」柯維安滑溜地順著令眾人誤會的傳聞高喊，讓那些圍觀的公會成員都能聽見，「我們有事找紅綃，就不奉陪啦！」

「紅綃有交代，要里梨我告訴你們，她在參間會議室裡等……咿！有陌生人！」胡里梨慢了一拍才注意到黑令的存在，對方那驚人的身高充滿壓迫感，她就像受驚的小兔子般跳竄起來，一溜煙躲到柱子後，只露出半張小臉。

即使處於眾妖環繞的環境裡，黑令還是連點表情變化也沒有。不知情的人或許會以爲他是淡定、處變不驚，但柯維安瞄了一眼，就可以篤定對方只是放空在神遊太虛中。

「不是里梨我的菜……」胡里梨小小聲地咕噥，下一秒決定去做自己該做的事。「戊己回來了唷！有誰沒聽見的嗎？甲乙他們最小的弟弟，戊己回來啦！」

——宣揚戊己回歸神使公會的這條大新聞。

「喵！人家明明是女孩子！胡里梨妳不要再把動物型態的妖都當公的！人家是貨眞價實的

女孩子！孩子！子！」戊己氣急敗壞地炸毛了，就連大叫都起了回音效果。

眼見胡里梨的喊聲引得更多人出現，柯維安急急向一刻使了個眼色，在事情變得複雜前，趕緊帶著三人一貓直接衝進一旁的電梯裡。

目的地，參問會議室。

「太慢了，奴家等得越來越興奮，反而都睡不著覺了哪。」

一踏進以星辰爲牆壁、天花板圖案的參問會議室，首先迎向柯維安的，就是一道嬌柔如摻蜜的女子嗓音。

那拖得綿長的尾音中，似乎還帶著點纏綿繾綣的味道，是道容易引人沉醉其中的悅耳嗓音。

可是後一步隨著柯維安踏進的一刻只覺滿頭黑線。一般人是等到快睡著吧？怎麼會有人是等到越來越興奮？

姑且不論對方的性格是不是哪裡有問題，一刻最近已經逐漸明白一個道理——這公會沒幾位正常人，認眞計較就輸了。

「嗯？怎麼只有你和那個白毛小子？」軟綿綿癱靠在椅上的紅衣女子一見到入內的僅有兩條身影，登時直起了背脊，媚眼微微瞇起，「老杜不是放進四人一貓一鳥嗎？」

「鳥飛走了，貓也先回自己的房間了，小可的哥哥被里梨纏住，她顯然真的很喜歡那型的，眞是太傷我的純潔少男心。」柯維安一臉哀怨地摀著胸口，「人家除了個子，其他地方都不輸人啊。」

「屁，差的只有個子嗎？」一刻聽不下去地賞了一記白眼過去。

「呼呵呵……小弟說得眞好，奴家可欣賞你的誠實。」鼓掌聲和呢喃聲幾乎一併落下，一抹散發著香氣的紅影轉眼間已欺近一刻身前。桃紅色的鬈曲髮絲隨著傾身的動作垂落，白皙嬌媚的臉蛋湊得極近，濃密的眼睫毛還搧呀搧的，一雙淺紅色的美眸彷彿帶著無盡風情。「還記得奴家嗎？」

「妳是紅……」一刻望著面前嬌艷如惑人花朵的女子，他不擅認人，但前日在社團辦公室見到的影像，不論就哪方面來說都挺讓人震撼的，因此他還眞的留下了印象。

只是才說了一個字，一刻就發現後面的那個字他忘了，聲音頓時尷尬地卡在喉嚨。

「小白，這位就是開發部的部長，紅綃。」向來自喻爲（他家小白的）貼心小天使的柯維安，馬上幫忙將後半段接了下去，替一刻解圍，「咩咩君和咩咩子就是出自她之手喔。」

「妳好，紅綃小姐。」一刻克制住想要往後退的念頭，那看起來恐怕會像是想要落荒而逃。他也極力讓目光停留在紅綃的脖子以上，那身暴露出過多雪白肌膚的紅紗衣裙讓他感到不自在……接著他注意到一個不對勁的地方。

「紅綃小姐，妳的眼皮上……是不是沾到顏料了？」

柯維安迅速摀嘴偷笑。

紅綃的笑容僵住，原先勾人的唇角垮下。她斂起所有嬌媚姿態，板著臉蛋重重地嘖了聲。

「那是奴家的眼影，小兔崽子。」紅綃不悅地大步回座，「桃紅色可是妖怪中這季的最新流行。和柯維安那小混蛋一個樣，都惹人嫌，要不是看在你們是帝君的徒弟跟部下，奴家早把你們吊起來打了。」

「我不是她的部下，老子這輩子得替另一人做牛做馬他媽的就已經很夠了。」一刻面無表情、咬牙切齒，聲音從齒縫間擠了出來。由此可見，他對「部下」兩字是有多麼深的……「體悟」。

「哎呀，我們剛剛說到哪裡了？」柯維安連忙拉開話題，以免身旁的白髮男孩又回想起什麼心靈創傷。反正到最後倒楣的似乎還是他自己，這都快變成一條定律了。

「紅綃，妳不是問爲什麼只有我們嗎？另一個人自己找角落去窩了，我覺得他很能自生自滅……啊，不，是自得其樂。也不用擔心一個外人會給公會添亂，我塞給他一包南瓜子了。」

「操，你還眞把人當倉鼠養嗎？」一刻翻白眼。

「哪有啊，小白，我又沒給他木屑。」柯維安揮揮手。

「那是黑家的吧？奴家也從老大那聽說了。他要是有辦法添亂，那奴家也要佩服他有本事了。」紅綃以袖掩著唇，吃吃笑起。隨著她放下手的動作，參間會議室的大門也自動關上，使這裡成了一個密閉空間，不用擔心有他人窺視。

「柯維安，你要的餌，奴家都準備好了。好好幹哪，要是丟了帝君的臉，奴家就……」紅綃抬起皎白如凝脂的手指，一根根地伸展開，塗成艷紅的指甲忽地變成尖利的刀片。

她妖嬈一笑，「宰了你唷。」

一刻再次見識到，面前的紅衣女子果眞徹頭徹尾是張亞紫的狂熱粉絲。

而柯維安像是早習慣這場面，也不受紅綃投來的殺氣影響，笑咪咪地從口袋裡掏出一張照片。

紅綃的五指登時回復原狀，她雙眼放光，一手捧著心口，一副興奮難耐的模樣。

「師父的細肩帶照，沒有合成、沒有修改，不過得拿東西來換喔。」柯維安用兩指夾著照片，笑得有絲狡猾。

紅綃二話不說，馬上一個彈指。

下一瞬間，繪著大片星辰的天花板倏地打開一個洞，簡直就像開啓特大號禮物箱；登時只見無數白色物體從天而降，一下散落得到處都是。

那些赫然是一隻隻綿羊玩偶，有著大眼睛、長而鬈翹的眼睫毛，正是神使公會開發部出品的咩咩君。

與此同時，一刻彷彿感覺到手機震動了一下。

有人傳來簡訊。

一見到發信人的名字，一刻有絲訝異。當他看完簡訊內容，果斷地做出決定，還是先別讓柯維安知道張亞紫發了訊息給他——

告訴維安小子，事情結束後把脖子洗乾淨等我。敢擅自使用我的照片，代價可是很大的。

張亞紫

嗯，起碼等找回甲乙他們、狩妖士和水瀾的事都解決後，再告訴柯維安，以免戰前先打擊己方士氣。

柯維安沒有留意到一刻查看手機的小動作，更不曉得他堪稱無所不知的師父，已經知道他和紅綃的私下交易。

柯維安抱起一隻咩咩君，快速大略清點會議室中的玩偶數量。

「等一下，都是咩咩君？沒有咩咩子嗎？」柯維安數了半天，都沒發現有哪隻羊戴花。

「你在開什麼玩笑？你捨得讓女孩子上戰場當餌嗎？」紅綃橫睨了柯維安一眼。即使是瞪視，依舊不減損她的千嬌百媚。

柯維安摸摸鼻子。好吧，有時候他眞不懂開發部的心思。

紅綃這時又站起，她的身子像水蛇，迅雷不及掩耳地往前纏捲，一下就掠到柯維安耳邊，纖白素手轉眼奪走他手中的照片。

「每隻咩咩君都注入了妖氣，夜晚一到就會自動甦醒。放心，是由我們這些部門的頭特地分點妖氣過去的。要是那些傢伙還感應不到，那奴家只能說……他們還眞是太讓人失望了。」

嬌柔的嗓音甫落下，紅綃的身影同時已從這處遍布綿羊玩偶的會議室中消失。

柯維安吹了聲口哨，「各部門的頭嗎？那還眞是挺不小的手筆了。」

「柯維安。」一刻不在意紅綃的去向，他更在意的是另一個實際的問題，「這堆羊，我們要怎麼扛回去？」

「……啊！」柯維安拍下手，慢一拍地反應過來。不過這也沒有難倒他，他腦筋一轉，很快就想到了辦法，「小白，我們可以找里梨啊。她是呑渦，弄個空間把咩咩君都塞進去一定沒問題。雖然這堆羊拿來做餌有點多，但剩下的我們可以公器私用，例如掃掃地啊、拖拖地啊、洗洗內褲啊，我眞是天才！」

「那，天才。」一刻雙手抱胸，無視柯維安那堆私心過重的妄想，「胡里梨人現在在哪裡？」

「唔呃……這倒是有點傷腦筋了。里梨老是在公會亂跑，就算用廣播找她，也常常無視。平時只有老大、狐狸眼或是我師父的廣播，她才會乖乖出現。」

瞧柯維安苦惱地摸著下巴，一刻放下雙手，乾脆地再拿出手機。他當然不是爲了讓柯維安看那封威脅簡訊，而是要撥打給另一個人。

「咦咦？小白，難道你有里梨的電話？可是她也常亂扔手機耶。」

「我怎麼可能會有她的電話。閉嘴，別吵……喂？蔚商白嗎？你現在人在哪裡？」

一聽見蔚商白的名字，柯維安瞬間便想明白。完全正中胡里梨好球帶的蔚商白，一定被她緊黏著不放。換句話說，找到前者等於找到後者。

「小白，你眞是天才！」柯維安雙眼放光。

「不。」一刻冷酷地說，「那只是你太呆。還有，不要趁機抱著那隻羊再抱過來，你知道這個充滿一堆絨毛羊又沒空調的密閉空間他X的是有多熱嗎！」

「你們去游泳了？」

這是蔚商白在見到一刻和柯維安後的第一句話。

白髮男孩和娃娃臉男孩一身汗水淋漓，上衣緊緊貼著皮膚，髮絲末端似乎還凝著水珠，不時滴墜幾顆下來，看起來的確很像剛從水裡撈出來。

「閉嘴，別再提了……手帕借我，我知道你有帶，我的也濕得差不多了。」一刻臭著一張臉，本來就不可親的眉眼，這下看起來更嚇人了。

就算平時再怎麼愛纏著一刻不放，柯維安也知道這時候再靠過去的話，估計會有生命危險，所以他小心翼翼地往後退了一步又一步，拉開與一刻間的距離。

接過蔚商白遞來的手帕，一刻擦把臉。

他們本來是要立即過來和蔚商白會合的。根據當時蔚商白在手機裡所說的，他被胡里梨拖在八樓不放，後者堅持一定要泡杯最好喝的茶給他喝。結果自己剛嘲笑完對方「艷福不淺」，就發現他們這邊也面臨了一個悲劇。

「你知道我和柯維安去找開發部的人嘛。」一刻的聲音從手帕後傳出，聽起來悶悶的，「東西是拿到了，就是一大堆你認爲不科學的羊。」

「然後？」蔚商白清楚一刻的句子還沒完。

「然後換我說吧。」柯維安冷不防地從另一個小房間繞出來，手裡捧著條大毛巾，也不知道剛剛是什麼時候消失的。他似乎很熟悉這層樓，還順道替一刻介紹起八樓的環境。

「小白，八樓是里梨的地盤，不過她大部分還是待在老大住的那層當守門員啦。另外這樓有半層是我師父的，但個人建議是就別靠近了。」

一刻下意識打量周圍一圈。

他們待的這半邊是個完全開放的空間，簡單來說，就是沒有牆壁遮掩的客廳加書房加小廚房，沒有臥室，唯有廁浴是圍立起來的。

顯然柯維安的毛巾就是從那裡摸出來的。

「小可的哥哥，我跟你說啊，我們剛剛超慘……紅綃，就是開發部的部長，丟下東西就走人，結果竟然忘記我們可不是能變化的妖怪，把會議室的大門從外鎖了起來。我們費了一番工夫才終於破壞……不，打開大門。不過報告組織，我有保護好小白，沒讓他被紅綃給吃了！」

柯維安一回想起當時的遭遇，不免心有餘悸。就像是要和會議室裡節節上升的悶熱呼應，他家小白那時候的殺氣和戾氣也跟著節節上升。幸好他安然無事地離開參問會議室了，對師父的照片燒香真的有保佑！

「原來這就是你們弄得一身濕的原因。你們沒想到打電話叫人幫忙？」蔚商白實事求是地問道，然後換來一刻與柯維安面面相覷。

下一秒。

「幹！」

「啊靠！」

他們還真的全給忘了。

「蠢爆了……」一刻抹把臉，自我嫌惡地咒罵。他不能光說柯維安是呆子了，自己也是。

「咳咳咳……里梨呢？怎麼沒看到她？」柯維安趕緊轉移話題，東張西望地尋找起這半邊樓層的主人。但放眼望去，還真沒望見熟悉的粉紅色身影。

「在流理台後。」蔚商白指了指廚房的方向，「她說要泡茶，所以正在數茶葉。」

「真假？」一刻不禁啞然。有人泡茶前還要數茶葉的嗎？那要數到民國幾年啊！

「小白大人，里梨我聽見了。」一顆粉紅色的小腦袋無預警從廚房櫃子後冒出來。

胡里梨站直身體，雙手將金屬外觀的茶葉罐舉得高高的。

「里梨我很認真地在數茶葉呢，我也順便泡給你和維安喝吧。不過你們聞起來……有點臭臭的。」胡里梨宛如嫌棄地皺皺可愛的鼻尖，連小臉也一併皺起來。

一刻頓時感到有絲尷尬。

至於柯維安，則露出像是遭到萬箭穿心般的打擊表情，「太……太過分了啦，里梨，人家的心都要碎一地了啦！」

「帝君說過，維安的心碎掉的話，掃一掃就好了。」

「嗚呃！」

「那個啊，你們沒有要喝茶嗎？」胡里梨強調似地又舉高茶葉罐，「里梨我數茶葉很快的。」

一刻看見蔚商白不著痕跡地搖下頭，當即解讀出來兩個字。

——別信。

正當一刻猶豫著要怎麼拒絕一名眼巴巴、期待盼望自己的可愛小女孩，湊巧另一端的樓梯有兩道人影走了下來。

兩名公會成員沒注意到這方向，一邊閒聊一邊繼續往下走。

「你有沒有看到今天的水果雜誌？聽說那個叫堯天的模特兒，要和女明星一起拍ＭＶ耶，就是你喜歡的那位啊！」

「喔喔，你說她嗎？她又辣又正，ＭＶ的尺度一向很性感，親吻摟抱都是小CASE！」

「真的假的？那這事還是別被里梨知道，免得她氣炸了……」

話聲逐漸消失在樓梯間，可是已經被一刻等人聽得一清二楚，自然也包括胡里梨在內。

隨即一刻他們聽見「啪唧」的一聲。

三名神使不約而同地轉過頭，映入他們眼中的，是一個徹底扭曲的金屬茶葉罐。

胡里梨的紫眸中此刻噴發著熊熊大火。

目睹一名小蘿莉如此迷戀堯天（左柚），一刻再次覺得滿心複雜。對於左柚有個忠實粉絲，他到底是該開心呢？還是擔心？

「里梨，妳知道班代和珊琳她們在哪層樓嗎？我們也想看看她們！」柯維安忙不迭地引開胡里梨的注意力。要是放著一個嫉妒心沖天的怪力蘿莉不管，後果恐怕很嚴重。

柯維安的高聲叫喊果然讓胡里梨暫時忘了偶像的事，注意力改被「珊琳」兩字吸引過去。

「里梨我知道，我帶你們過去找珊琳和百罌！」一提起自己的朋友，胡里梨頓時笑得眼彎彎，紫水晶似的眸子像是疊滿了星星，「馬上就可以過去啦。」

胡里梨這裡說的「馬上」，還眞的不是誇大。

不給其他人反應的時間，胡里梨像兔子般竄了出來，右腳迅速朝地面連踩兩下。

啪、啪。

漆黑的影子剎那間自胡里梨腳下伸展開來，像朵盛綻的黑色大花，一口氣就把一刻、柯維安和蔚商白都包圍住。

接下來一刻只覺得似乎才幾個眨眼間，周遭的黑色便猛地散去，伴隨著胡里梨稚氣響亮的聲音傳來。

「四樓到了、四樓到了！各位客人，開發部的接待大廳到啦，左邊是實驗室，右邊是行政辦公室。現在，準備掉落！」

掉落？不是降落？不待一刻細想，他的身子已反射性調整好落地姿勢。

同樣俐落落地的還有蔚商白，完全沒有因爲這突來的變故亂了陣腳。他很快地站直身體，飛快打量周遭環境。

確實就像胡里梨所說，左側是一整面的霧面玻璃牆，實驗室顯然在那後頭；右側則是屬於行政區的大辦公室，不過裡面倒沒見到什麼人影。

柯維安的反射能力不若兩名同伴來得強，他摔得眼冒金星，四仰八叉地躺在地面上。

不得不說，身下那層暗紅地毯吸收了不少衝擊力道，柯維安才不至於摔得太慘。

「痛痛痛……小白你好狠的心，好歹也接住我一下，像公主抱啊公主抱啊公主抱……」柯維安哀怨嚷道，得到的是一句冷酷的「人也有辦不到的事，免談」。

好不容易揮開了在眼前亂飛的星星，柯維安眨眨眼，隨後進入他視野的是一張稚嫩小臉。

不是胡里梨，是珊琳。

「珊琳妳好啊，見到妳我眞的太開心了！」柯維安立刻眼睛一亮，忘了身上各處的疼痛，馬上就想跳起，給那名蹲在自己身側的綠髮小女孩一個熱烈的擁抱。

只可惜柯維安就算忘了疼痛，也還是高估自己的體能。他急著想跳起來，然而四肢卻沒辦法在第一時間配合，頓時反倒像隻被放倒的烏龜，努力掙動著。

「起來。」一刻看不下去，沒好氣地伸出手。

「嗚，小白你果然是我的天使……」柯維安淚眼汪汪地借力爬起，但他想要搜尋珊琳的身影時，卻發現對方已不在原來的位置。

柯維安趕忙找尋，最後他終於看到那名綠髮棕眸、今天一頭長髮難得全往後梳，露出清秀小臉蛋的小女孩。

只不過小女孩的前方還擋著另一道人影。

眼下有著淚痣，外貌艷麗，眼神卻高傲冷漠的褐髮女孩，此刻正冷著嬌顏，單手扠腰，表情冷冰冰地直視著柯維安。

「嗨，班代也好久不見。」柯維安無視刺來的目光，笑咪咪地打了招呼，「我可是紳士，別像防狼一樣地防著我嘛。」

「不對。」胡里梨負責擋在珊琳前方的另一邊，義正辭嚴地說，「老大說過，維安使用的『紳士』這兩個字，都要讀作『變態』才可以喔。」

彷彿想要強調，胡里梨還特別加重「變態」的讀音。

今日遭自己最喜愛的蘿莉言語二連擊，柯維安終於不支倒地。

「楊百罌，妳和珊琳看起來都挺不錯。」無視在旁擺出失意體前屈姿勢的柯維安，一刻上前一步，也和自己的同學打了招呼。

「那是自然，要是你覺得我們在這會受到什麼差勁……不是！」楊百罌忽地自言自語般低喊一聲。

在一刻訝異、蔚商白若有所思的視線下，楊百罌深吸一口氣，放下那帶點防禦姿態、扠在腰間的手，腰桿打直。即使感到臉頰傳來熱意，她還是裝作無視般一字字說出自己真正想說的話。

「公會的人都很好，但是你的關心……我也很高、高興。」幾乎是微帶結巴地講完話，楊百罌便快速地別開臉，髮絲藏住如今整個通紅的耳朵。

「做得太好了，百罌。」珊琳握緊小拳頭，用氣聲開心地給楊百罌加油打氣。

靠得近的胡里梨聽見珊琳的話，只是她不明白那指的是什麼，所以茫然地眨眨眼，接著也覺得有趣地依樣畫葫蘆。

「做得太好了！」粉紅頭髮的小女孩也幹勁十足地握緊拳頭，不過她這聲喊得太大聲了。

「什麼東西太好了？」一刻一頭霧水地問。

「……你沒聽懂就算了。」蔚商白摘下眼鏡，一副局外人的態度擦拭起鏡片。

「小白你這個沒同胞愛的大木頭，我才不會告訴你的，哼。」繼續在旁維持失意體前屈姿勢的柯維安抬起頭，怨念地哼唧了一聲又低下頭。

「幹，三小啦……」那種他知他也知只有自己不知的感覺，讓一刻莫名地有些火大，於是分別朝兩人送出一記凶狠的眼刀，「算了，裝神祕就裝神祕……楊百罌，妳覺得習慣就好了。不過，沒想到妳說話難得會結巴？」

一刻這話沒有嘲笑的意味，他露出笑，凶戾之氣從眉眼間褪去不少，像是對此感到無比新鮮。

楊百罌好不容易才穩下的心跳瞬間又跳得飛快，白髮男孩的笑容帶給她一股強烈的衝擊。

我的天，救命……假使不是礙於形象和心裡的矜持，楊百罌當下就要忍不住用雙手摀住發燙的臉。

「楊百罌，妳臉有點紅……還好嗎？」一刻皺起眉，不禁擔心地想走上前。

總是在外人面前表現出高傲自信的楊百罌，在這一剎那間眞的慌亂地轉身就想逃，免得被人見到她更多失態的模樣。

而解救楊百罌脫離窘境的，是一道倏然響起的開門聲。

「唰」地一聲，另一端的玻璃牆自動往旁退開，從裡面踏出一抹高挑的身影。

原來那並不是單純的外牆，而是一扇自動門。

「小子們，在裡面就能聽見你們吱吱喳喳的聲音了。」低啞如金屬刮搔的女聲逸出。深褐膚色的高馬尾女子雙手斜插口袋，唇角似笑非笑，一雙鳳眼氣勢迫人地掃了大廳裡的眾人一圈，最後落在一個位置上。

「怎麼？這地方何時多了個品味不怎麼樣的裝置藝術？珊琳，去替他纏上幾條藤蔓，順便吊起來吧。」

「等一下、等一下，我自己起來就是了！師父，妳也用不著那麼狠心，讓妳這些天都在熬夜研究的元凶又不是我。」柯維安搶在珊琳眞的要乖巧地召出藤蔓前，快速一躍而起，「而且裝置藝術的品味通常就不怎樣了，還會讓人完全看不懂，看看繁大裡的那堆就知道。」

身爲繁星大學的一分子，一刻無比同意校園裡的裝置藝術確實讓人有看沒有懂。不過柯維安可能忘了，他這樣說也等於間接承認自己的品味不怎麼樣。

想想，一刻決定還是不提醒了，他望向來人。

有段時日未見到的張亞紫還是那副漫不經心、但無人敢小覷的慵懶姿態。比較不同的是，她今日身上多罩了件實驗室白袍，臉上也掛著一副粗框眼鏡，看起來登時多了幾分學者氣息。

「帝君。」

「亞紫小姐。」

一刻等人紛紛向張亞紫打了招呼。

「晚上的行動加油吧，我聽胡十炎提過了。你們要順便見曲九江嗎？聽說讓個性扭曲的人見見朋友，可以讓扭曲的部分稍微彎回來一點。」張亞紫微抬下巴，往她走出的門口方向點了一下，「我今天心情還不錯，特別破例讓家屬以外的人進去會面十分鐘。要的話，就跟我進來。里梨和珊琳就到別處玩吧，開發部的人很可怕，會像豺狼虎豹把妳們抓走喔。」

「帝君！我們聽見了！」

「我們要抗議啊嗷嗷！」

立刻有數道雄厚的哀怨大吼自門內傳出。

「我們才不是柯維安！」

「喂，別把我的名字說得像傳染病毒一樣！」柯維安不平地哇哇叫。

「你不是病毒，你只是變態。」一刻嘆口氣，拍上柯維安的後腦勺，「事實勝於雄辯，走了啦。」

眼見張亞紫直接轉身走進通道內，一刻推著柯維安，和其他人一起跟在後頭。

玻璃牆後的空間和接待大廳宛如兩個不同的世界，觸目所及盡是一片雪白。長長的走道兩側，可看到許多門扇林立，有的掛上金屬門牌，標明著「研發室一」、「研發室二」、「器材室」、「部長的私人收藏室一」……

一刻決定裝作沒看見那個私心意味過於濃厚的牌子。

不過這地方看起來還真像……一個念頭剛在一刻心中閃過，另一道聲音忽地開口。

「像醫院。」蔚商白說。

「啊，因爲都是一片白吧。」柯維安也湊上來插話，「小白、小可的哥哥，我跟你們說，再後面是實驗室專區，那裡面的牆壁就是金色的……嗯，因爲有紅綃嘛。」

三名男性不約而同地都望向張亞紫的長馬尾上，末端正挑染著金艷的顏色。

楊百罌不明白一刻他們怎會無端盯著張亞紫的背影，狐疑地瞅了一眼，卻也沒有多想。

張亞紫的細跟高鞋充滿節奏感地敲擊地面，在安靜的通道中迴盪出「卡卡卡」的聲響。她沒有帶領一刻等人走到末端盡頭，而是在中段位置的一扇門前停下，舉手敲了敲。

也不管裡邊有沒有人回應，張亞紫俐落地旋動門把，推門進入。她的敲門彷彿就只是意思意思地通知裡面的住客——我要進去了，至於你的意願如何跟我無關。

一刻發現自己眞像走進了一間病房。

大範圍的雪白包圍下，病床中央躺坐著一名冷著張臉的紅髮青年。銀色的眼瞳在看見張亞紫時是浮現了不悅與傲慢，但在見到後方居然又陸續進來四人時，瞬間掠過了短暫的驚訝。

與曲九江離得最近的張亞紫，注意到那名半妖青年迅速又不明顯地挺直了背脊。

嘖嘖，小鬼哪。張亞紫彎了下嘴角，也不說破。

「小白，你們來這幹嘛？」曲九江收起了先前的不悅，但語氣還是傲慢懶散。

「看你，不然你覺得我們像來你這裡野餐的嗎？」一刻環胸，沒好氣地說道。

「我只是順道和宮一刻一起到這的。」蔚商白淡淡地撇清關係。對於曾把武器指向自己妹妹的曲九江，他沒抱持多大的好感，不過對方同時也是自己朋友的神使，因此他始終保持著不冷不熱的態度。

「曲九江，我們是剛好有事來公會啦……哇喔，沒想到你居然願意乖乖躺在這裡？」柯維安嘖嘖稱奇地繞著病房打轉。

「你這是在建議我放火燒了你當作娛樂嗎，室友B？」曲九江嘲弄地冷笑，數簇火焰霎時平空燃起。似乎只要他一個念頭，就會忠實執行命令，迅雷不及掩耳地全衝向柯維安。

柯維安很懂得什麼叫識時務者爲俊傑，他摸摸鼻子，馬上閉起嘴巴，躲到一刻的身後。

「曲九江，房裡禁火，我相信你不用別人說三次以上就能聽懂。」楊百罌擰起細眉，冷著臉說道。

曲九江哼了聲，房裡的緋紅火焰登時消失。

「你們自己聊吧，十分鐘後我會過來踢你們出去。」張亞紫抬頭看了下牆上的時鐘，沒興趣湊進一群小孩的談話之中，倒不如將空間留給他們。

當然，張亞紫也不會特別說出來，個性扭曲，或者說彆扭的曲九江，會願意乖乖留在公會讓他們做研究，除了看在楊家的面子上外，就是衝著她曾說過的那句——不弄個明白的話，萬一哪天突然當不成神使怎麼辦？

要是一說出來，恐怕這層樓就要火焰肆虐了。

然而正當張亞紫要先行離開之際，病房門外霍地跑進一抹喘著氣的人影。

那人也是披著一件白袍，看起來像是研究人員。

「帝君……實驗室那邊，有新的數值和變化出現了！要麻煩妳趕緊過來一趟！」喘了幾口氣，那人隨後靠近張亞紫，拊在她耳邊低聲又說了幾句。

除了張亞紫，誰都沒聽清楚那名白袍男子究竟說了什麼。

——帝君，所有試管裡收集到的血液，突然間都化作火焰燃燒，試管全炸裂了！

血液化作火焰燃燒？張亞紫的眉梢微微挑起，眼中閃過轉瞬而逝的思緒，誰都來不及捕捉到。

「我明白了。」張亞紫點點頭，對那人吩咐道：「你先回去，我待會就到。」

「師父，發生什麼事了嗎？」柯維安困惑地問出眾人心中的疑問。

「沒什麼大事，就是運氣好的話，過不久我們就能確定曲九江身上的半妖血統，究竟是屬於哪一族的。」張亞紫輕描淡寫地說，彷彿不在意自己這話等同在房裡扔下了一顆震撼彈。

無視一刻他們的吃驚，張亞紫拍下手，「行了，會客時間提前結束。曲九江，你跟我再到實驗室一趟，看你是要自己走或者由我踹過去。當然，維安小子你們也一樣，要哪個選項自己挑吧。」

不會有人想選擇第二個的，就算是性格桀驁不馴的曲九江，也不會想在這時候和即使是面對胡十炎、安萬里也照踢不誤的張亞紫作對。

不到數分鐘，會面就被迫結束了。

一刻等人再度回到接待大廳，可沒想到才一踏出偽裝成玻璃牆的自動門外，迎面就是一抹黑影罩下。

走在最前頭的柯維安毫無心理準備，被嚇得差點摀胸往後跳。

「喂，站好。」一刻伸手幫忙穩住，也望見了那抹冷不防出現的黑影面貌。

原來是黑令。

「吃完了，這地方也很無聊，可以離開了嗎？」就算瞧見眾人從一條雪白的通道內走出，黑令的臉上也沒有半點想要探究的欲望。他低緩溫吞地問道，不忘舉高空空的包裝袋佐證。

「你也吃太快了吧……你眞的是倉鼠轉世嗎？」柯維安目瞪口呆，「雖然我是報公會的帳，但也不是讓你用這種速度……」

「黑令？」愕然的女聲猛地蓋過柯維安的句子。

楊百罌睜大美眸，像是難以理解那名灰髮灰眼的年輕人，怎麼也會出現在這個地方。

但很快地，楊百罌就理解了事情始末。她多少聽聞過一刻他們的任務，也知道神使公會的小貓妖被疑似狩妖士的人綁架了。爲此，狩妖士三大家決定和公會私下合作，各派出人手。只是她無論如何也沒想到，狩妖士的代表竟然會是……

楊百罌嬌艷的臉蛋當場冷下，她面無表情地看著黑令，渾身散發出以往那種拒人於千里之外的尖銳氣質。

「啊，班代！黑令是我們任務的合作對象之一，另一位是白糸玄。」擅長察言觀色的柯維安豈會嗅不出楊百罌的厭惡，他對於楊百罌當初評論黑令的冰冷語氣仍記憶猶新。「黑令其實……還滿能用的啦。」

「靠，你措辭沒用錯嗎？」一刻皺眉，低聲問著柯維安。

被形容為「能用」的黑令還是一派無動於衷，灰眸荒寂。

楊百罌依然記得三年前狩妖士訓練比試時，面前的灰髮年輕人最後是以扔開武器、掉頭離開作結。

「我說啊……」柯維安湊到黑令身邊，將對方拉低，否則以他的身高實在很難和人咬耳朵。「你該不會……當年也對班代說過無聊透了？」

「說了，那確實很無聊。」黑令索然無味地回答。

「哇啊……」柯維安說不出其他話。

居然對心高氣傲又責任心極強的楊百罌說出這種話，黑令在對方心裡絕對百分之兩百是黑名單人物。

「小白，如果你們那邊需要狩妖士……」楊百罌無視黑令，她深吸一口氣，卻在要將後半段話說出口之前，先聽見大廳內驀地響起廣播。

「楊百罌，能請妳也到實驗室一趟嗎？」是張亞紫。

楊百罌裝作沒發現到內心浮起的那絲挫敗感和失落，嚴厲的目光瞥視了黑令一眼，旋即朝一刻他們點下頭，轉身小跑步回到通道裡。

自動門「唰」地一聲又闔上。

與此同時，樓梯口的方向探出一顆小巧腦袋，一抹嬌小的白影走了出來。

戊己「喵」了一聲，踩著輕巧的步伐走向一刻他們。

「小白大人，老大說我也可以一起幫忙，八金之後也會來，還有咩咩君們，他會派人放到社辦那裡去的。喵，老大還說，水瀾喜歡娃娃臉、鬈髮、有雀斑的男孩子沒錯，但要是傷痕累累的娃娃臉、鬈髮、有雀斑的男孩子，她就更喜歡啦。」

戊己靈活地攀著一刻的褲管，三兩下便重新回到牠的專屬座位——一刻的肩頭。

「最後老大還說，祝任務順利，喵！」

柯維安可一點都不在意最後那句祝福，他垮著臉，覺得第二點簡直就像是一種詛咒。

老大……你就那麼希望我傷痕累累嗎？這多大的仇恨啊！

第三章

八月一日，下午五點五十五分。

看版《FanxingBan》

作者：Tomroow

標題：［情報］貓貓貓貓貓！好多貓！

哈囉，繁星市的各位，大家今天有沒有看到超多野貓的啊啊啊！身爲貓奴的PO主心都要融化了。原本是剛好要搭車回家，結果在客運總站附近突然出現了許多貓咪，成群結隊的，簡直就像在路上遊行一樣，還不停地喵喵喵。PO主猜牠們可能是在唱歌，哈哈。車站裡的人也都衝出來看了，附上一張我拍下的照片。

http://images.plurk.com/5oSz6SLrjsEB1t9fxe666jyn.jpg

推quexy4：也看到+1，不過我是在二環那邊看到的，牠們好像要去哪裡。

推oneone：在一環看到的人，該不會是繁星市的野貓都傾巢而出了？牠們不怕人耶，不過太靠近還是會跑走。

推lolowana：媽啊，眞的超多貓！羡慕原PO，爲什麼我這時候不是在繁星？怒舔照片！

推230BAA：二樓差評，傾巢而出眞像在形容小強之類的。在藍艾橋那裡看到的，牠們喵起來眞像在唱歌。

推Dggff651：哈哈，說不定是在說，愚蠢的人類，還不趕快送上小魚乾？

推……

推……

推……

下午時分，BBS上的繁星市版出現了這樣一則帖子，推文數迅速一路增加，短時間便爬升爲熱門帖。

而在網友們熱烈討論起爲什麼會忽然間冒出這麼多野貓，會不會是某種預兆之際，眞正策劃這場行動的人，此時正待在繁星大學的不可思議社社辦裡。

柯維安笑瞇了眼，愉快地看著帖子裡越來越多發言。

一刻拉張椅子坐在一旁，才看了一會兒上面的留言，就覺頭暈地別開視線。他不常上BBS，搞不懂柯維安爲什麼有辦法一天到晚泡在上面。

「你盯著一直看不無聊嗎？反正我們的重點是讓人注意到這場異狀吧？」一刻隨手抓過一隻綿羊玩偶，無意識地捏著它軟軟的一隻腳。

「哎呀，小白，我就是打發時間，刷著看的嘛。」柯維安笑咪咪地說，「在等白糸玄過來這之前，閒著也是閒著。」

「靠，根本是太閒了吧……」一刻翻下白眼，卻也沒再有其他抱怨。

正如一刻所說，待在這間眼下被塞了許多綿羊玩偶社辦內的所有人，真的太閒了。

柯維安刷著網路，蔚商白在書櫃前翻著安萬里放在這兒的藏書——當然是正經的文學書籍，蒼井索娜的相關品，安萬里是不會粗心大意留下的。

八金載著戊己不知飛到哪裡去了，據說牠們要當觀察前哨，一有風吹草動就會傳回消息。

至於黑令，一個人坐在角落的椅子上不動，兜帽拉上，也不知是在發呆還是睡了。

一刻吐出一口氣，用力抱緊懷中的綿羊玩偶。他知道柯維安說得沒錯，還沒到他們正式行動的時間，白糸玄也尚未回來集合。

按照在狩妖王國上看到的訊息，對繁星市地形最熟悉的柯維安，負責擬定了一個計畫。

不論是那些狩妖士或是被瘴異寄附的水瀾，都不太可能貿然於白日出沒，夜晚才是他們活動的好時間。

水瀾的部分可以利用符家道術，或者就像胡十炎說的，直接用柯維安當餌誘使她主動露面，還不算困難。

因此，重點便落在那幾名狩妖士身上。

既然他們想要狩獵妖怪，柯維安就請胡十炎暗中下令，出借那些在和平中心碑出沒的妖貓，並吩咐繁星市的眾妖怪盡量別外出。用的理由還是他們公會開發部要做個實驗，不想被捲入無妄之災的，就好好待在家裡。

接下來，就是讓大批妖貓看似在市裡成群遊蕩，其實有目標地分別朝偏僻區域而去。雖說在一般人眼中只是普通的野貓，不過在眾妖不外出的情況下，狩妖士輕易就能感受到妖貓的妖氣。

柯維安要的，就是設法讓狩妖士們前往那些鮮有人煙的偏荒地帶。這樣一旦開打起來也可以避免很多麻煩。

而等到狩妖士無意識中被那些妖氣誘引到計畫中的任一目的地，他們在以不過於減少戰力爲前提下分成兩組，各自再領著一群咩咩君到那幾個地方遊走，讓狩妖士誤以爲有實力不弱的妖怪出沒，前來自投羅網。

或許這樣的計畫還是有些漏洞，但這已經是柯維安在這幾天內所能想到的最好方案了。

「小白、小白，你過來看一下。」或許是注意到一刻明顯的無聊表情，柯維安突地朝對方招招手，示意他看過來。

一刻轉過頭，看見筆電螢幕上已不再是一片漆黑的ＢＢＳ版面，而是切換成另個視窗。那網頁格式看起來還挺眼熟的……一刻瞇起眼，「你又開這個狩妖王國的社團幹嘛？難不成他們有什麼新消息嗎？」

「不是、不是。」柯維安搖搖手指，「小白啊，這是臉書社團沒錯，不過不是那個狩妖王國，這個叫狩妖世界，是我另外找到的狩妖士相關社團。因爲我想再多找點資料嘛，所以就和楊老爺子借了下帳號，他那邊加了不少狩妖士社團。不過他當然是用化名啦，不然楊家前家主出現在年輕人的社團裡，恐怕要嚇壞不少人吧。」

一刻覺得，楊青硯居然也玩臉書，還玩得無比熟練這點，比較讓人吃驚。

「所以呢，你要我看什麼？」一刻湊上前掃了那個據說叫「狩妖世界」的社團塗鴉牆一眼，最先看到的就是置頂貼文，他下意識地讀出：

「歡迎大家多交流、多互通情報，有八卦也可以放上來，記得要遵守版規。不過要是看到有人做錯事，絕對不能公開指責對方，讓人失面子，只能用私訊委婉地告訴對方，否則直接踢出社團。因爲我們是和樂團結的大家庭，不容許有人破壞氣氛……神經啊，和樂你妹。柯維安，你就是要我看這種鬼東西？」

「不是不是，當然不是啊，小白。雖然我也認爲那是鬼東西，不過我要你看的是這個啦。」柯維安立刻將網頁往下拉，最終停在一個上傳分享的影片檔。「我剛好在這個中二世界……不，狩妖世界，找到白糸玄和人比試的片段，想說叫你來看看，畢竟是合作同伴嘛，多了解一下也是好的。」

隨著柯維安按下播放，影片中靜止的人影也開始迅速移動起來。

一刻和柯維安看得專心，同時也不得不承認白糸玄的實力的確不容小覷。雖然不像三年前的黑令，在僅僅一招內就將對手擊敗，但他對符咒的運用自如和多重配合，就像是場華麗又紮實的表演，輕鬆就將優勢納到自己手中。

「啊，不過這時候的他沒戴白手套呢。」柯維安指著影片中的一點說道：「之前翻到的幾支視頻也都是沒戴。」

「誰知道，說不定他有潔癖是最近的事。」一刻聳聳肩膀。柯維安沒提的話，他還眞沒發現。

「總之，到時候的分組應該就是我、黑令、白糸玄；小白和小可的哥哥一起……唉唉，無論如何，計畫一定要行得通才行啊。」柯維安支著下巴，忍不住自言自語。

一旁頓地砸來一隻綿羊玩偶。

「對自己有點信心行不行？胡十炎不都曾說過，你是至今爲止最讓他刷新眼界的人類了？」砸來玩偶的一刻不耐煩地說道。

柯維安聽出一刻語氣中的彆扭關心，大受感動，決定還是不告訴一刻，胡十炎所謂的「刷新眼界」，指的究竟是哪方面的眼界了。

……例如珍愛年幼孩童之類的。

「小白哈尼啊！」柯維安改以另一種行動表現出他的感動之情，他雙臂一張，準備就要大力抱住一刻。

「打岔一下。」

一本書無預警插入柯維安和一刻之間，印著「福婁拜的鸚鵡」書名的封面，險些就和柯維安的鼻尖來個親密接觸。

「我想我們有客人上門了。」

柯維安及時煞住身勢，才沒有一頭撞上去。他轉過頭先看見蔚商白，再看見對方修長的手指拿著書，往門口的方向一比。

「喵！」一聲響亮的貓叫聲響起。

門口外，不知何時蹲立了一隻個頭比一般貓還要碩大一圈的虎斑貓咪。牠的身後還跟著另外幾隻貓，就像是帶著小弟的貓大哥一樣。

「慘了，戊己不在，沒貓可以幫忙翻譯一下……不管了，貓咪你先進來。」柯維安一看就知道是胡十炎的貓部下，他趕緊朝門外的大貓招手。

虎斑大貓昂首闊步地走進，剩下的幾隻貓繼續留在門外。

虎斑大貓走向柯維安，接著輕巧地跳起。那胖墩墩、頗有分量的身子下一瞬便趴在桌上，尾巴一晃一晃地甩動，微眯的眼睛就像睥睨著人。

「喵喵。」大貓叫了幾聲。

柯維安和一刻面面相覷，就算是蔚商白這個高材生，也沒辦法理解貓語。

「牠們遊行得差不多了。」有人說。

那突如其來的低緩嗓音太具有標誌性，立刻引得社辦裡的三人反射性回頭。

坐在角落的黑令還是一副像在發呆的模樣，彷彿剛剛說話的人不是他。

聽錯了嗎？一刻狐疑地以眼神詢問柯維安，後者搖搖頭，也用眼神回應。

那種低八度的聲音，不可能是我們發得出來的，小白。

「喵喵喵！」虎斑大貓又叫了幾聲，尾巴甩晃，有如在催促。

「記得多讚美幾句，小魚乾，也準備好。」

這次，一刻他們很確定，確實是黑令在說話。

「我靠，真的假的……」一刻咋舌。

「黑令，你聽得懂貓語？」柯維安吃驚地指著黑令嚷。

「不。」黑令微抬頭，像是提不起勁地說，「我隨便猜的。」

柯維安的手臂猛地無力垂下。

一刻在心裡罵聲「幹」。

蔚商白重新平靜地翻起自己在書櫃裡找到的書。

「靠靠靠，弄半天你是瞎猜的嗎？」柯維安還是忍不住抱怨了。他在原地轉著圈，思索起要怎麼和一隻貓溝通，尤其這貓還不能隨便得罪，牠可是胡十炎的貓部下。

而公會上下都知道，胡十炎最護短了。

就在柯維安想著要不要把筆電送到虎斑大貓面前，看能不能讓對方敲看看鍵盤，大貓的尾巴驀地拍了過來，打在他的手臂上。

牠站起身，壓低前腳伸展身子，隨後竟是漫步般地跳下桌子，踱步往大門口走去。

「咦？」柯維安愣住。

一刻和蔚商白的視線也頓時跟著望過去。

虎斑大貓在走出大門後，還特地回頭看向黑令。

「少年我看你骨骼清奇、資質奇佳，連猜也能猜中吾輩想說的話。」大貓開口，只是吐出的不再是喵喵叫，赫然是人聲。「如何，要不要隨吾輩展開修行？」

我操！那貓原來會說人話！深覺被耍一記的一刻頓感理智神經斷裂。

「哇！小白不行！那只是一隻貓，一隻可愛的……好吧，牠一點也不可愛還過胖！可是牠是老大的手下啊！」柯維安眼明手快地一把抱住一刻的一隻手，就怕自己的甜心真的衝出去。

「冷靜，你想變得和可可一樣毛躁嗎？」蔚商白說。

如果蔚可可聽見了，只怕會立即哇哇叫，不平地抗議：過分啦，老哥！爲什麼把我說得像是某種標準一樣啦！

一刻原本要給柯維安和蔚商白一記眼刀，可是黑令低低的嗓音響起。

「不要，太胖，像豬。」

那是一句語氣沒什麼起伏、也沒什麼情緒的話。

但所有人都可以清楚看見，那隻大貓的臉上是如何從慵懶變成憤怒的表情。

「無禮的……」

「報告、報告！烏鴉貓小隊有發現回來了嘎！」

「喵啊啊啊啊啊啊──」

「老大！」

「老大啊！」

不同的叫嚷、哀鳴幾乎同時發生。

一抹黑影像旋風般疾衝而來，過強的衝勁不偏不倚地將門口的虎斑大貓撞飛出去。

黑影緊急煞住身子，背上還有一抹較小的白影，正是外出巡邏的八金和戊己。

「啊咧？本大爺是撞到什麼了嗎？好像看到一顆球滾出去？」八金歪著腦袋，也不在意地迅速往社辦內跳，將一番驚慌的喊叫留在外頭。

「喵，八金，你害其他的貓出車禍……不對，應該是鳥禍？那是和平中心碑的貓，牠們好小氣的說喵。」戊己從八金背上跳下，快步跑向一刻，「小白大人，我們看見啦，看見那個人來了。」

「那個人？」一刻彎身，撈起褲腳邊的小白貓。

「就是戴白白的……」

「嘎，是叫白手套！戊己妳好呆！」

「八金才是呆子，還被維安染色！我之後要告訴哥哥們喵！」

「可惡啊，本大爺已經洗掉了！說妳是呆子就是呆子，不服來戰嘎！」

無視一鳥一貓瞬間從爭執演變成翻滾進另一邊的綿羊玩偶堆裡，一刻望向柯維安。

柯維安聳聳肩，表示他想得沒錯，會來到這間社辦、還戴著白手套的人，想必就只有……

如同印證柯維安的想法，在外頭一片喵喵叫的喊聲中，電梯發出的「叮」一聲反倒格外突出。

有人往這走近，中途腳步頓了幾頓，可能是見著那些在牆邊哀叫一團的貓。

接著，那腳步加大又加快，一下子就接近到不可思議社的社辦門口。

下一秒，菁英年輕人的身影出現於門外。

白糸玄走了進來，看也不看角落的黑令一眼，視線直接落在明顯是三名神使中負責決斷的一刻身上。

「外面那些滾成一團的貓是怎樣？」白糸玄不拖泥帶水地問，「牠們就是你們提到的方法嗎？還有這些玩偶？恕我直言，我認爲我們可不是在辦家家酒。」

「我也從沒說過我們是。」一刻環著胸，淡淡地說，眼尖地注意到白糸玄慣用的白手套不在身上，看樣子是半路摘掉了。「那些是柯維安特地借回來的餌。計畫是他擬的，你大可以問他。」

「是的，就是不才在下我。」柯維安笑咪咪地將一張紙塞到白糸玄眼下，「雖然之前已傳計畫書給你了，不過你可以再看一次。」

「計畫全都是你弄出來的？」白糸玄接過文件。

「主計畫是我提出的沒錯，有什麼問題再問我。啊，但是分組的部分就不更改了，我之前也通知過你吧？」柯維安說道。

「……客隨主便。但我想，也許黑令加不加入都無所謂，我猜你們也不願意被曾經的天才扯後腿。」白糸玄意有所指地瞥視了黑令一眼。

黑令無動於衷，這使得白糸玄覺得自己就像揮出了一拳，卻陷入棉花裡，心頭似乎有把火在悶燒。

就和那個時候一樣。

「……無聊透了。」

有誰正眼也不瞧一眼，隨意地將武器扔下，轉頭就離場。

白糸玄攢緊拳頭，面上卻是不動聲色。他開始仔細地閱讀起文件，並迅速將重點默記下來。時間、活動地點，還有要進行的事項，都和昨日收到的通知相同，沒什麼改變。

「分組？喵，我也要分組！我想和小白大人一組！」

「嘎嘎！本大爺只要不跟柯維安一起就行！誰都不能再碰我的毛，他媽的誰都不行！」

從綿羊玩偶堆霍地冒出一白一黑兩顆腦袋。

白糸玄像被嚇了一跳。他認得那隻小白貓，可是那隻體型偏大的烏鴉……牠的身上也有顯著的妖氣。

「又是妖怪嗎？」

柯維安似乎聽見白糸玄這樣的低喃，接著對方的目光不經意地落在自己手上。

他瞧見白糸玄不明顯地皺下眉頭，隨後自口袋裡拿出了白手套戴上。

白糸玄下一瞬間抬起頭，碰巧對上柯維安的眼。

「我剛一直覺得有哪裡不習慣，原來是忘記戴上了。」白糸玄解釋地說，「我有點……潔癖，挺讓人傷腦筋的小毛病，對吧？」

「每個人多少都有些小毛病，我自己也有就是了。」柯維安聳聳肩。

「如果你是指喜歡幼兒、幼女的話，那已經是絕症，沒救了，火化比較快。」一刻插嘴，順便指指還在綿羊玩偶堆的八金和戊己，「那兩個怎麼分？」

「嗯……爲了預防八金對我懷恨在心，背後捅刀，八金送你了，小白，戊己就跟我一組吧！哎呀哎呀，要是戊己也能變成人形該有多好……一定是青春可愛的小蘿莉一枚啊！」

一刻懶得提醒柯維安，他又把眞心話說出來了，那小子的愛好果然是沒藥醫了。

一刻環視社辦內的眾人一圈。

黑令、白糸玄還有戊己，跟柯維安同組。

他這邊則有蔚商白和八金。

兩組的人數相差一人，不過一刻不認爲他和蔚商白的搭檔，戰力會差到哪裡去。

視線最後落在牆上的掛鐘，一刻瞇起眼，眼中有著狠戾和躍躍欲試的戰意。

正式行動的時間，就快到了。

第四章

晚間七點整，夏季的天空終於暗下。

黑藍的夜幕上僅有一彎細細的弦月，星子稀疏，三三兩兩地散布各處。繁星市大小街道還正熱鬧著，不同色彩的霓虹燈招牌在這座大城市裡，形成另類的星光。與市中心的喧囂繁華相反，一刻等人此刻所在之處，則是人煙稀少的郊區。

那裡多林立著鐵皮廠房，灰色或淺綠的烤漆浪板建構出高大的建築物。黑夜下的它們就像是種不言不語的生物，靜靜俯瞰四周的動靜。

這裡是一處已經半荒廢的工業區，諸多廠房外都貼著大大的「租」或「售」字。

也幸虧這裡少有人跡，否則要是見著一刻和蔚商白身邊的白花花物體，只怕會令人忍不住懷疑起自己是不是眼花了。

圍繞在兩名年輕人四周的，赫然是十來隻綿羊玩偶。它們用兩腳直立，蓬鬆的毛像雪一樣潔白，有著大得不符合一般比例的眼睛，和又長又鬈翹的睫毛。

蔚商白對這些玩偶的評語是「長得不科學」。

不過換作其他人來看，想必會震驚地大叫出：「最不科學的是它們會動啊！」

是的，這些有著「咩咩君」名字的羊，並非普通的填充玩偶。此刻的它們竟會跑會跳、會咩咩叫，還會做出高難度的芭蕾舞旋轉動作，甚至能來個劈腿跳躍。

這些像被賦予生命的玩偶，頓時沖淡這處荒涼地帶不少陰森的氣氛。

「這種東西都做得出來……不知道能不能請開發部的人也幫我弄隻會動的繃帶小熊？」一刻摸著下巴，認真地思考這個可能性。

「不可能的啦，嘎！」停在蔚商白肩上的八金打破一刻的希望，「紅綃堅持玩偶就是崇尚自然、一絲不掛，身上不能有俗物。所以開發部只會做出光溜溜的玩偶，穿衣服的是邪魔歪道。嘎，快看！那隻咩咩君在做一字馬的動作！」

一刻下意識一望，「……腿太短，根本就看不見吧？腳都被屁股擋住了。」

沒想到一刻的話才出口，那隻正做著一字馬動作的咩咩君猛地扭過頭來。下一秒，它跳了起來，咩咩叫地低頭朝一刻衝了過去。

「幹！它是發什麼瘋？」一刻連忙側開身子閃避。

撲空的綿羊玩偶居然掉頭，大眼睛裡蓄著淚水，看起來淚汪汪的。

只是這隻淚汪汪的羊馬上再度衝撞過來。

「馬的，搞屁啊！」一刻對被羊追著跑一點興趣也沒有，他打算強硬地壓制住對方。

說時遲、那時快，兩道碧光瞬間插立在一刻身前，正好交叉形成擋護，使得衝來的綿羊玩偶一頭撞上，眼冒金星地跌坐在地，不懂前面何時多出了兩把劍。

「你忘記戊己說的？」蔚商白伸出手，中指至手背上的深綠花紋一閃亮光，長劍登時化作光束，回到他的神紋底下。

「你指哪部分？」一刻大皺眉頭。

「笨蛋，不能說咩咩君腿短，也不能說它們醜！雖然它們真的長得醜，完全比不上本大爺的英俊！」八金得意地仰高腦袋。

然後，就見原本各自做著運動的咩咩君全停下了。它們「唰」地一致扭過頭，大大的眼睛開始冒出淚水，身上的妖氣也一縷縷地散發出來，集結在一起後變得更加濃厚。

「白痴……結果是你這隻鳥說了。」一刻按著額角。

蔚商白毫不猶豫地抓住八金的腳，迅速就是使勁朝遠方一扔。

「嘎！嘎啊啊啊啊啊——」八金的慘叫越來越遠。

全體綿羊玩偶齊刷刷再轉頭，緊接著便是拔腿直追八金飛出的方向而去。

「不是吧？這樣就全跑了？」一刻彈下舌，「結果公會給的東西還是不靠譜嘛。」

「不過，目的也達成了。」蔚商白左手背上的深綠花紋轉眼間再度流轉過微光，烙著碧紋的兩把長劍瞬時又被握於手指間。

「啊，這樣說也是。本來還得帶那群羊東晃晃西晃晃，沒想到人這麼快就自己送上門了。」一刻咧出一抹狠意十足的笑，左手無名指則是橘光一閃，浮現一圈宛如戒指的花紋，如劍長的白針同時被他張手握住。

「那麼，就由我們這裡——主動打招呼吧！」話聲未落，一刻迅雷不及掩耳地朝某個方向擲出白針。

熾烈的白光有如閃電破空而出，進而深深插進一幢廠房的鐵皮屋頂上。

屋頂上像是受驚般地蠕動著的黑影，隨即從藏身的屋頂後站了起來。

憑藉著周遭路燈的照明，勾勒出兩抹黑影的外形輪廓。

他們裹著件黑斗篷，臉上覆著張有白色紋路的黑狐面具。從身高和體型來看，並非一刻他們前日遇上的范相思。

既然如此，最有可能就是柯維安提到的「小伍」、「小陸」。

又或者，是那個狩妖王國的其他成員？

「搞什麼嘛，居然被發現了……絕對是小陸你的錯，你躲得不夠好！」高高站在屋頂上的人影之一不滿地抱怨。

「最好是啦！明明躲不夠好的是你吧，小伍你這呆子！」另一人也不甘示弱地回敬。

他們兩人的聲音都像經過變造，粗啞得聽不出性別、年齡，但話裡透出的訊息，足以證實他們就是小伍和小陸。

「放屁，是你！」小伍不高興地踢了同伴一腳。

「你難道就不會放屁嗎？」小陸立刻也回予一腳，「我警告你，不准再踢了，否則我翻臉，別忘記我們的正事是什麼。」

「喂喂，我哪可能忘記？五點多的時候就聞到一堆妖氣了，可惜那時候不能正大光明地動手……不過那些妖貓的妖氣感覺不怎麼強呢。」

「不怎麼強也是妖，但看著卻不能動手，還眞令人憋得難受。」小伍咂咂嘴，「不過另一個傢伙說得沒錯，在那些妖貓消失的地方守著的話，果然會等到好東西。」

另一個傢伙？范相思嗎？一刻沒有漏聽那字眼。

「還眞的是守到好東西。」小陸笑了，「那些長得奇怪的羊也都是妖怪，一口氣把它們全部幹掉一定很爽快吧？可是呢，我們說的好東西不是指那些羊，是吧？」

「沒錯，才不是那些羊。」小伍也笑了，「狩獵妖怪是很有趣，不過恐怕還是比不上狩獵另一種東西更有看頭。」

上一會兒像是要互相揪住衣領，拳打腳踢的小伍、小陸，這一會兒忽地停下來。他們雙雙別過頭、偏著臉，對著底下的一刻和蔚商白。

即使因爲距離的關係，看不清面具上孔洞後的眼珠閃動著怎樣的光芒，可是他們在下一剎那異口同聲說出的話，是飽含著滲溢出來的不懷好意。

「狩獵神使——這絕對比任何事都要來得刺激啊！」

最後一字都還未完全落下，說時遲、那時快，屋頂上的小伍、小陸猛地飛速躍下。

「壹行、貳令。」

「參執、肆命。」

「兵武速現！」

小伍、小陸兩人指間不約而同都挾著一張潔白符紙，隨著他們的喝聲，原先空白的符紙上頭登時浮現墨黑圖騰，似字似畫，一口氣攀爬至頂端。

符紙化作大量光點碎裂，取而代之的是一把長戟和一柄大斧，各被抓握在兩人手中。

兩名戴著黑狐面具的狩妖士身影快如疾風，直逼一刻與蔚商白面前。

他們彷彿事先決定好要負責的目標，毫不猶豫地各衝著其中一方，符紙幻化出的武器掄高，劈頭就是凶猛不留情的攻擊。

「太急躁不是什麼值得誇獎的事。面對這種人，我自有一套方法。」就算面臨著長戟到來，蔚商白依然從容不迫，冷靜的態度就像是老師面對無知的孩童。

小伍頓時心頭火狂冒，立刻決定要把瞄準的目標從肩頭改成對方令人火大的臉。

如果在上面穿出一個窟窿，鐵定可以看見那張菁英般的臉孔扭曲吧？反正對方是神使，有著可恨的治癒能力，就算下手狠一點，也沒什麼大不了的。

要是眞被打敗，就是太弱，活該會輸，就像那些不怎麼樣的妖怪一樣！

小伍藏在面具後的臉咧出惡意的笑容，他腳下速度加快，有信心自己這突然改變方向的一刺，會讓那名高個子亂了陣腳。

只是他在下一瞬間便驚愕地發現──面前的人呢？

該死！目標呢？

原本蓄滿勁力的長戟因爲無預警的變故，頓時不知該刺向何方。

而緊接著，小伍又聽到那平淡的嗓音說：

「散漫、專注力不夠，你比宮一刻那位室友還差勁。他就清楚自己的弱點，也知道該用其他方面彌補。」

那嗓音離得太近，近得就像在小伍耳後。

「什……什麼……」小伍心臟重重一跳，還來不及大力扭頭，手臂上就迸發出尖銳的刺痛，還險些掉了自己的長戟，可是他馬上就想到這一定是對方的目的，他才不會讓人稱了意。

「混帳、混帳，混帳神使！神使又有什麼了不起啊！」小伍猛力扭身旋轉，長戟迅速再刺出，只不過尖端感受到的依舊是團虛無縹緲的空氣。

蔚商白刹那便拉開距離，靜靜地佇立在小伍前方，像是挺拔的白楊樹，一身氣勢帶著某種難以言喻的壓迫感。

小伍忽然發現到，眼前那名神使與自己前日遇到的完全不同。

他看起來……更難對付。

呸！小伍啐了一口，暗惱自己怎能長他人志氣，滅自己威風？神使又如何？只不過是靠神給予的力量，單論靈力和法術，又怎麼有辦法比得過他們這些從小就經過各種磨練的狩妖士？

「我是神使，但另外兩字我不會接受。我認為我們應該速戰速決，或者說，我沒耐心和一個自以為高人一等的狩妖士窮耗了。狩妖士也好，妖怪也好，誰都沒有資格說誰低下。」

這是蔚商白在這場對峙中，說過最長的一段話。

接下來，這名高個子青年閉口不語，直接用行動來證明。

烙著碧紋的鋒利長劍如箭矢般射出，在小伍反射性躲閃之際，另一柄長劍同時悄無聲息地急追在後。

假使不是小伍的眼角剛好捕捉到一抹利光，或許他就要多出一道血淋淋的口子了。

他大吃一驚，趕忙舞動長戟格擋。

蔚商白又抽劍，但他另一手已飛快抓住另一柄劍，雙劍重新回到他的手中，不見猶豫地立即展開凌厲進攻。

連綿劍光在小伍眼前閃動，他被壓制得步步後退，最初掌握主動權的長戟，如今只能被動地一再架擋。

蔚商白的劍就和他人一樣，都是凌厲、剛硬，不留情面。

小伍逐漸閃得左支右絀，身上也多出了數道傷痕，他想大叫小陸過來支援自己。

然而就在這一分神，蔚商白的其中一把劍迅雷不及掩耳地突破小伍的防守。

瞬間，小伍感受到肩頭至手腕處是一股熱辣的疼痛，這次他真的失手掉了兵器。

沒有錯放過個空隙，蔚商白順勢旋身至小伍後方，沒有保留力道直往小伍的膝蓋後側重重踢下。

小伍身子頓失平衡，狠狠地跌跪在地，受傷的那隻手臂還在微微顫抖。

下一秒，冰冷的劍刃貼著小伍的頸項自後探出。

小伍滿是不敢置信。只是這樣短短的時間……他就被打敗了？

不可能、不可能……他可是狩妖士，是最富盛名的符家的狩妖士啊！

小伍咬緊牙根，心一橫。他賭神使不可能眞的殺人，所以他身後那名神使不可能眞的有膽子置自己於死地。

饒是蔚商白也沒預料到，那名戴著黑狐面具的狩妖士會霍地大大掙動，脖子甚至往劍刃貼靠了幾分。

蔚商白被迫迅速收劍。

小伍立刻利用這個機會，往口袋內掏出一把符紙，奮力往空中一撒。

與先前雪白的白色符紙不同，這些符紙全都事先被畫上了暗紅圖紋。

「天羅地網！」小伍以一個難看但快速的翻滾，拉開了和蔚商白的距離。而他的大喊聲也像一個開關，登時使得飄飛在空中的符紙乍現紅光。

紅色的光源轉瞬又化成紅線。

線與線互相接連，一晃眼竟成了一張散發暗紅色澤的大網，在夜空下如此顯目。

「抓住他，抓住那個神使吧！」小伍坐在地上拉高嗓音，奮力吼叫。

但沒想到就在這一個刹那，猝然有抹黑影像炮彈似地飛衝過來。

「嘎——閃亮亮的東西通通是我八金大爺的啦！」

小伍瞠大眼，震驚地看著那張本來應該能蓋住蔚商白的紅色線網，居然就這樣被一隻中途殺出的大烏鴉張嘴叼咬住，興高采烈地往下俯衝，那赫然還是自己所在的方向。

「什、什麼……」小伍急忙想撐地爬起，可是紅網已兜頭蓋下，絆住了他的去路。

於是被網子捕捉住的，到頭來竟變成了小伍。

這個法術對一般人類並沒有傷害，主要功能就是困住人，使人在網內無法掙脫。

小伍作夢也沒想到，有一天自己會把自己關在裡頭。

捕捉到獵物的大網登時暗下，不再帶有暗紅光芒。

八金一看見自己叼住的線居然變得黯淡無光，立即「呸」地吐出來。

「呸呸，不發光的玩意，本大爺才沒興趣。」八金嫌棄地扭過頭，闔起翅膀。

「你是妖怪……為什麼碰到我狩妖士的術法還能沒事！」小伍難以置信地低吼。

八金擺出高貴冷艷的姿態，「哼，因為本大爺的主人不是普通人。身為她的手下，本大爺當然也不是普通的妖怪。還不趕快跪下請安，否則你就再也沒機會了，連佩服本大爺的機會也沒有了。」

這隻鳥在說什麼？而且鳥不是應該有夜盲嗎？小伍從打擊中陷入巨大的茫然裡。

然後，他眼前一黑，失去意識的身子頹軟往前倒下。

「本大爺剛不就警告你了嗎。」八金歪著腦袋，眼珠裡滿是鄙夷，「被人打昏了，不就連話都別想說了？」

俐落將小伍擊昏的蔚商白蹲下身子，檢查覆蓋在小伍身上的紅網。

雖然使用者昏迷了，但法術化出的網子似乎一時半刻不會消失，用來綑人的確相當方便。

「嘎！大哥，你的戰鬥力真是驚人，柯維安和你一比真是弱爆了！」八金一張嘴就是讚美的話語，「連狩妖士一下都被你虐倒了！」

「不。」蔚商白抬眼望了下八金，向來給人一絲不苟印象的唇角微彎起弧度，「真正要被虐的倒楣傢伙，在另一邊才對。」

如果小陸有機會聽見蔚商白的評論，那麼他大概就不會抱著輕敵的態度面對眼前的白髮男孩了。

「喂，快點，再快點！你的針就這麼軟趴趴無力嗎？」戴著黑狐面具的小陸大笑，大斧在他雙掌間揮舞得虎虎生風，每每逼得白針難以招架。光以體積來論，一刻的白針與小陸的大斧相比，頓時顯得弱不禁風。不過即使如此，這也絲毫不削減一刻眼中的好戰眼神。

事實上，假使讓眼尖的人來看這場戰鬥，就會發現白髮男孩的擋避看起來更像在試探，彷彿在誘使對方將自己的套路全都展現出來。

小陸覺得自己真是太幸運了，選到了一個不怎麼樣的神使當對手。這小子簡直比前日那個國中生神使還好對付，也不會用什麼古怪的術法作妨礙。

小陸咧開得意的笑容，他沒有扭頭去看另一端的戰況。他相信小伍那邊不會有問題，而他在解決完這名白毛的傢伙後，就會馬上大聲向小伍炫耀。

「打這麼弱的對手沒意思啊！我看你就乖乖投降吧！」小陸加快速度，猛地躍起，大斧掄高便往下劈砍。

一刻沒有直接硬碰硬，反倒採取了閃躲的動作。

「嘖。」攻擊落空的小陸咂下舌，重重踩在地面上，不屑的眼神愈發明顯。「太無聊了，我本來以爲狩獵神使會比狩獵妖怪還有意思，結果竟然那麼讓人失望。」

「你們爲什麼要狩獵妖怪？」一刻沉聲問，視線沒有立刻離開小陸身上，心內同時默默計算著——

先是直線式的揮砍，習慣鎖定人的上半身，然後會是跳躍來個劈擊；三、四次裡，有一次完全照著這個套路走。

而且很顯然，對方並沒有自覺。

「爲什麼要狩獵？狩妖士不是本來就要狩獵妖怪嗎？」小陸出聲嘲笑。

「那麼，那些被你們惡作劇的妖怪，還有甲乙他們，你們綁架的那幾隻貓妖，他們做錯了什麼嗎？」一刻嚴厲質問。

小陸像是納悶地側著頭，面具孔洞後的眼睛閃動著奇異的光芒，「他們沒有做錯又怎樣。妖怪不就是比人類還低下嗎？他們弱小，就活該輸啊。惡作劇那種幼稚的程度，我們本來也不想做，要不是范……要不是另一個傢伙說不能在繁星市太冒進，免得打草驚蛇，否則早就動手宰了。」

就算只是無意中洩露一個「范」字，一刻也馬上猜出小陸說的人恐怕就是范相思。

「啊啊，眞是的！都是那傢伙太囉嗦，果然女人就是婆婆媽媽。要我說的話，那三隻小貓當場宰了，留在現場肯定會大大削了那個神使公會的面子。不過照她的方式，的確也能引來更多魚。好了，我們還是別廢話太多，你就直接快點讓我打敗吧。」小陸按著頸後，像是活動筋骨般地扭扭脖子。

「我完全同意你的話。」一刻說，接著他手中的白針散逸成光點消逝，頓時成了赤手空拳的狀態。

小陸先是一愣，隨後大喜，心想：看樣子，那個白毛很有自知之明地要投降了嘛！

「看在你識時務的份上，還有實力又弱，我會速戰速決解決你的。」小陸握緊斧柄，擺出隨時進攻的架勢，「眞是可憐哪，才那麼小不拉嘰的神紋，那麼弱的力量都不覺得丟……」

小陸「臉」字甚至都還沒說出來，面前的白髮人影已全速衝了過去。

在小陸瞪大的眼睛中，倒映在他眼上的身影簡直就像一道白色雷電，迅雷不及掩耳地逼近自己的正前方。

小陸想直線式地揮出大斧，想跳起劈向敵人，但這些攻擊都像被預見般紛紛落空，隨即他覺得手腕驟然傳來一陣劇痛。

「白痴，話太多怎麼跟人打架？」一刻猛力抓著小陸的手腕一扭，另一隻手緊握成拳，快狠準地一拳轟上小陸的臉。

那凶悍的力道一舉砸碎了黑色的狐狸面具，也砸中了面具後的臉。

還帶著一絲青稚的少年面孔因爲震驚和疼痛大幅扭曲了。

但一刻不會因此就收手或是手下留情，他飛也似地再抓住小陸的一隻胳膊，膝蓋粗暴地往對方肘關節頂撞。

小陸的眼睛睜得更大，他不確定自己聽見的「喀」一聲是不是錯覺。無力的手指再也握不住斧柄，只能任憑大斧沉重地跌墜在地。

與此同時，一刻已一把拽扯住小陸的頭髮，接著扣著那顆腦袋朝地面狠狠撞下。

就算撞上的是濕軟的泥沙地，而不是一旁的堅硬柏油路，那股衝擊還是險些讓小陸兩眼一翻，喪失了意識。

不，也許當場暈過去還比較好。這是小陸被人大力拽起、扔在地上，從腫脹的眼皮下看見一刻的左手後，從心底浮現的唯一念頭。

在前一秒明明僅在無名指上有著一環橘紋的左手，此時竟每根手指、包含手背上都被繁複的橘色花紋覆蓋。

雖然眨眼後那些花紋又消隱，彷彿不曾存在，只留下無名指的部分，可是那驚人的景象已鮮明烙印在他眼中。

「打這麼弱的對手的確沒意思。」一刻拉開凶猛的笑容，居高臨下地望著真正樣貌只是個普通少年的小陸，「老子都覺得無聊透了啊。」

「你、你這……不可能……」小陸乾巴巴擠出聲音，強烈的暈眩感使得他無法立刻爬起。

他大力地扭過頭，想向自己的同伴求救，然而看見的卻是讓他心底一涼的畫面。

——小伍被紅網困住，躺在網子底下一動也不動，也不知失去意識多久了。

「別昏過去，你剛說的那些話都挺有意思，不如就再多說一點怎樣？老子他媽的洗耳恭聽。」一刻拽住小陸的衣領，像拎小雞般將人給拎到了蔚商白那邊。

八金馬上咬起紅網一角，好讓一刻可以把小陸扔進去，和昏迷的小伍關在一塊。

「嘎嘎！白毛你眞的太強了，簡直是令本大爺都分不出哪邊才是反派了！」八金高聲誇獎著，並且在心中發誓，下次絕對別招惹對方。那麼凶殘的傢伙，牠一隻烏鴉惹不起的。

「可……可惡！不要以爲只有這樣！」小陸嘴上猶不放棄逞強，「我們早就事先另做安排了，你們難道沒聽過螳螂捕蝴蝶……黃雀在後嗎？」

一刻和蔚商白還眞的沒聽過。

「是捕蟬。你智障嗎？國文都學到哪裡去了？」一刻鄙夷地送去一眼。

小陸臉上一熱，然而不待他再反駁幾句，荒涼的工業區倏地飄出幽幽的呢喃。

「我……不喜歡捕蝴蝶或蟬……可是……」

那是道氣若游絲的女性嗓音，稍一不細聽，似乎就會消失在尙帶著點熱氣的晚風中。

可是一刻、蔚商白，包括小陸在內，都不是普通人，他們敏銳的耳力沒有遺漏這句。

「嘎咿！」八金全身一抖，突然感覺身周氣溫像是下降了，一股不尋常的冷意襲來。

乾燥的路面上，不知何時流淌過細細的水流。

「我喜歡……捕捉有欲望的人類哪。」

當這道細弱的嗓音無比清晰地進入眾人耳內，所有人都見到水流捲起，眨眼間凝化出一名水藍色的蒼白少女。

猩紅的眼睛在那張缺乏血色的面龐上，看起來格外怵目驚心。

「你說的黃雀，不會是指她吧？」一刻冷靜地問著小陸。

小陸沒有說話，事實上他也不用說了。

從小陸驚慌的面容上，一刻和蔚商白相當明白，對方指的「黃雀」，絕對不可能會是被瘴異寄附的——

水瀾。

第五章

「咩咩。」

「咩。」

「咩咩咩。」

無數的咩咩叫聲迴盪在山路上，將近十來隻綿羊玩偶正四處奔跑跳躍，形成一幅奇異的景象。

照理說，玩偶是不可能自由活動的。

可是這些不是普通的玩偶，而是由神使公會開發部在一次偶然下，研發出來的咩咩君。

而這次，柯維安特地借來當餌用——用來引誘那些綁架甲乙、丙丁、庚辛，和以狩獵妖怪為樂的狩妖士上鉤。

只是柯維安的運氣不算好，他帶著這麼一群綿羊玩偶和同伴遊走了幾個地方，卻都沒有等到目標自投羅網。

現在，他和黑令、白糸玄，還有窩在自己包包內的戊己，來到繁星大學外的青潭公路上。

這裡也是下午那票貓妖特地盤踞的地點之一。

公路上沒什麼顯著的遮蔽物，因此柯維安和另外兩名狩妖士藏身於樹上，在暗中觀察下方的情況。

青潭公路有時有來車經過，每當這時候，被注入妖氣的綿羊玩偶就會迅速臥倒，翻滾到路旁的草叢內，藏起它們白花花的身子。

「喵，壞人真的會出現嗎？」戊己小小聲地問著。

「我們也只能賭賭看了，看對方願不願意上鉤。」柯維安也壓低音量回答，不時分神留意周遭的動靜。

白糸玄和黑令踞於其他樹上，柯維安可以看見黑令看起來比平時更沒幹勁和沒精神。

「對了，那傢伙不太喜歡黑暗嘛……」柯維安自言自語地說，「不過他既然沒要閃人，就表示他之前講的事是真的。」

「答應的事，我會做到，不管那多無聊。」

灰髮年輕人獨特的低緩嗓音，再次在柯維安腦海中閃現。

「維安，喵！維安！」倏地，戊己驚慌地用前腳急急拍著柯維安的肩膀，「快看天空，有東西飄下來！」

柯維安立刻回神，他往枝葉外望出去，一雙本就大的眼睛登時睜得更大了。

戊己沒說錯，真的有東西飄了下來。

透明、微帶寒光的雪花狀結晶體，從夜空中大量飄墜下來，乍看下彷彿滿天星屑自上頭跌落，一沾到黝黑的柏油路面，就又靜靜地消融。

山路間的溫度在不知不覺中也下降了，明顯的冷意襲來。

柯維安幾乎想撫額低咒幾句，他要是還分辨不出來這是誰的出場方式，他就把自己的名字倒過來寫。

就算對方的確也是目標，可照他所擬定的計畫，他還是希望能先解決完狩妖士的部分，再專注地對付——水瀾。

彷彿在呼應柯維安腦內一閃而過的人名，自上空緩緩飄降的六角狀冰晶瞬間靜止了。它們懸停在空中，在路燈光芒輝映下，折閃出更加美麗的光輝。

如果不是時間場合都不對，柯維安得承認那是幅如夢似幻的景象，可是他眼下完全沒有多餘的心思去思考這問題。

因爲就在下個瞬間，那些靜止的冰晶有如察覺到樹上的動靜，猛地一口氣狂風暴雨般席捲而來。

「維安！」戊己緊張地尖叫。

「離開這裡！往信四坑隧道，就是青潭公路前面的那條岔路進去！」柯維安高喊，搶在自己蹲踞的位置被無數冰晶扎成刺蝟前，他抓著背包迅速跳下，額前閃動著肖似第三隻眼的金黃光芒。

柯維安沒有分神查看黑令和白糸玄的情況，他相信那兩名狩妖士一定都聽見他的交代。

「喵，維安，是那個藍藍的人！」待在柯維安背包內的戊己攀著包包邊緣，睜大的琥珀色眼睛映入山路上一抹平空生成的纖細人影。

水藍色的長髮宛如水流垂散於腳邊，淡紫色的嘴唇像是遭到寒氣凍蝕，襯得那張蒼白的臉蛋愈發有種病弱感。

然而該是像湖潭的藍綠色眼眸，此時卻是被一片不祥的猩紅覆蓋。

那正是被瘴異入侵的水瀾！

從路口道路反射鏡望見藍髮少女雖然沒有追上，卻是慢慢抬起一隻手，蒼白的食指指尖對著他們這方，柯維安連忙吹了聲高尖的口哨。

哨聲劃破靜寂得令人心生不安的山路間，路邊兩側的綿羊玩偶像是受到召引，齊刷刷地扭頭盯住水瀾的方向，隨即一窩蜂全衝向了對方。

「黑令、白糸玄，你們先到信四坑！戊己也交給你了，黑令！」柯維安緊急煞住步伐，一手自背包裡抓出筆電，再將戊己連貓帶包地使勁拋給前方的高大身影。

黑令沒有多逗留或是詢問，一接住扔來的包包，又飛快地朝前直奔。

白糸玄腳步卻是遲疑地一頓，他手中攢著數張符紙，像是猶豫自己該不該留下來幫忙柯維安。但一瞧見黑令已沒入前方的昏暗中，他很快又做出決斷。

「風來風去，重封一方！」白糸玄催動靈力，自動浮顯出黑色字紋的符紙登時如同飛箭射出。

不再遲疑，白糸玄也朝信四坑隧道而去。

被注入力量的符紙迅雷不及掩耳地掠過柯維安身側，鎖定被綿羊玩偶包圍起來的水瀾。

水藍色少女面無表情，僅像困惑般微側下脖頸，接著淡紫色的嘴唇彎出古怪的弧度。

水瀾的另外四根手指也鬆放開，五指突地一握，從她的腳下瞬間竄湧出無數垂掛著淡紫花瓣的藤枝。

路燈下，那些張牙舞爪的藤枝就像某種猙獰的怪物，猝然地再分散，每根岔開的枝條轉眼戳刺過綿羊玩偶和符紙，一切像是全都靜止了。

反被攻擊的符紙在下一秒「霍」地燃起火焰，化爲焦黑的灰燼緩慢飄下。

而同樣也被藤枝貫穿的綿羊玩偶，則是像洩氣的氣球，軟趴趴地全數臥倒在路面上。隨著藤枝的抽離，好似還能看見一縷縷淡色氣體自它們體內散出。

「是妖氣……不是眞的妖怪……爲什麼不是？」水瀾再次抬起手，掌心對準唯一還留在前方的娃娃臉男孩，「那樣就不能吃……不能、不能……把它們都吃下肚了！」

幽幽的女聲最後霍地拔高，甚至完全變成了另一個聲音。

那明明就是另一個人在說話。

水瀾的紅眸迸出猩暗的光芒，蒼白的半邊面龐下，一根又一根的青筋突出浮現。她的髮絲和裙襬皆被漆黑染覆，乍看下就像是黑色的漣漪包圍了她。

緊接著，黑色的漣漪裡突生冰柱。

不再是透著冰冽的藍，隱泛黑氣的柱體騰飛起來，沒有絲毫遲疑地朝柯維安的方向飛衝。

柯維安當然也看見了朝自己逼來的危險，可他手上的動作還沒結束。他單手快速敲打鍵盤，手指在螢幕前飛舞一般。

眼看冰柱就要正面擊上的剎那，柯維安同時也大力按下了ENTER鍵。

金耀的光芒大亮，數也數不清的金色小字有若鎖鍊般連成一線，全速撞上逼來的冰柱。

水瀾紅眸大睜，看見自己的冰柱反被金光吞噬、消融。

旋即那串串金字高飛至夜空中，接連成一個圓，眨眼間猛地擴得極大，像是把整座山頭都納入了它的勢力範圍。

那瞬間，所有景物彷彿產生疊影，可霎時又消失，令見者不由得懷疑起自己是不是產生了錯覺。

「惹人厭的神使，討厭可憎的臭味……」水瀾唇中再次吐出不屬於她的嘶啞聲音，「你們妨礙得太多太多了，我的宿主啊……他們和符家是同夥的，是符家人的同伴就得……」

「……殺。」水瀾氣若游絲的呢喃又回來了。她直勾勾地盯著柯維安，倏地拉開嘴唇，輕輕的笑溢出，隨後變成咯咯又帶著瘋狂的笑聲，「尤其是你，特別是你……殺掉，絕對不會放過你！」

水瀾如漣漪般的裙襬眞的擴散出大片水流。

水升起，凝爲冰。

這次，不再僅是稀少的冰柱，而是難以計數的麻密冰針。

大量冰針閃動冷光光芒，幾乎要刺痛柯維安的眼。

「我的媽啊，幸好我沒密集恐懼症，否則這一片眞的是……」柯維安單手抱著筆電，舔舔發乾的嘴唇，不敢大意地盯緊水瀾的動作。「呃，是說我可以辯駁一下嗎？剛好有鬈髮、娃娃臉又有雀斑也不是我的錯，我也沒想到自己會是妳的超級好球……」

顯然水瀾並不想聽完柯維安的解釋，她露出冰冷的笑容，紅眼像是歪斜的新月。

瞬間，大量冰針鋪天蓋地地襲向柯維安，不留情的攻擊，足以顯示出攻擊者欲置人於死地的冷酷。

「所、以、說，長得是妳的好球帶也不是我的錯啊！」柯維安懊惱地大叫，右手同時探進筆電螢幕，轉瞬間就從柔軟似水面的螢幕裡抓出一支巨大毛筆。

蘸染著金墨的毛筆即使只用單手操控，靈活依然不減，硬是在漫天冰針逼近前，飛也似地大力一畫。

一筆金艷痕跡登時完成。

旋即淡金色光芒拔起，將所有撞來的冰針全都攔截下來。

透過淡金色屏障，柯維安可以清楚見到那些尖銳逼人的冰針是如何停在距離自己數公分之前——就差那麼幾公分，他就眞的要被扎成篩子了。

柯維安吐出一口氣，一手挾著筆電，一手將毛筆化爲光點，毫不戀戰地馬上轉身向後跑。

他會留下也只是爲了多牽制水瀾一會兒，和架設出避免現實受到破壞的結界而已。

自知戰鬥力有幾兩重的柯維安心裡明白，就算他攔住了水瀾，也只能是一時。

他絕不認爲單憑他一人之力，就有辦法抵抗如今被瘴異寄附的水中藤。

只是柯維安不知道的是，當他奔進前方岔路不久後，由金墨凝出的障壁確實被水瀾以冰霜和藤枝破除了。

不僅僅如此，從她裙襬晃漾出的黑色水流，一絲絲地漫淹過路面，流到那些被留在原地的綿羊玩偶身下，再沿著被貫穿的洞口，點點滴滴地滲沒進去……

信四坑隧道，其實只是繁大師生慣用的稱呼，並非眞正的隧道。

實際上，它是繁星大學後門專給機車行駛的道路，兩邊恣意生長不少大樹，濃密的枝葉朝中靠攏，剛好像是屋頂般覆蓋在上頭，因此才有「隧道」這一稱呼。

它是專給機車使用的，其他車種會在警衛室前就被攔下，請駕駛改由正門進入校園。

如今正值暑假，信四坑隧道自然不見什麼機車出入，更加不會有人特意過來這裡走晃。

因爲信四坑隧道所處的位置，緊鄰著旁側的一大片墳地。

只要說起墳墓，一般人都會下意識想避開，更不用說有「一大片」墳墓的時候。

所以，柯維安才會特地要黑令和白糸玄先到那。

那裡路寬，加上附近有墳地，所以沒什麼建築物，一旦和水瀾間的爭戰爆發，也不會有綁手綁腳之慮。

柯維安靠著神使的力量和自身的爆發力，一下便從青潭公路衝竄到信四坑隧道，遠遠就能望見黑令，卻不見白糸玄的身影。

白糸玄跑哪去了？這麼簡單的路線，不可能會迷路才是吧？

柯維安飛快地想，腳步沒停，手上的動作也沒停。他正手忙腳亂地從口袋翻出藍芽耳機別上耳朵，再趕忙一按耳機上的按鍵。

手機鈴聲從耳機內傳出，一會兒後轉爲柯維安熟悉的男聲。

「喂？」一刻的聲音聽起來莫名地急促凶暴，像是正忙碌得抽不開身。

柯維安沒有細思，只想立即把他們這方出現的變故通知給一刻那。

「小白，我們這的魚還沒釣上，先釣上大白鯊了！」柯維安高聲喊道：「是水瀾，水瀾先跑到我們這邊來了！」

耳機裡瞬間透出古怪的死寂。

下一剎那，柯維安焦急的表情變了，變得目瞪口呆，他甚至不自覺停住了步伐。

「等……等等，小白，你說什麼？你們那邊也有一隻水瀾!?不是吧……她開分身嗎？那哪邊才是本尊，哪邊才是分身啊！」

「我哪知道啊！想辦法顧好你自己，我們處理完就過去你那。」

「咦？好，我們在信四坑隧道，也可能會移進繁大。」

「我知道了……我操！」

一刻驀然咒罵了聲，隨即通訊就被切斷，耳機裡只剩一片盲音。

「小白！」假使不是知道自己再聯絡對方的話，說不定會給一刻製造麻煩，柯維安早就按捺不住自己的心焦。

然而掛慮著別人安危的柯維安，卻忘了留心自己的背後。

「維安小心！」戊己脫出黑令的懷抱，使勁地撲跳向柯維安。

那具嬌小但敏捷的身子在夜晚中就像一道白色閃電，可是威力實在太小了。

戊己沒辦法如預期中撲撞倒柯維安，也沒辦法阻止那突如其來逼近的深褐樹枝。

樹枝就像一條表皮乾枯的大蛇，眼見下一秒便要將柯維安作爲獵物，緊緊纏縛住。

「風來風去，重封一方！」

危急之際，自另一方疾射來數張符紙。

符紙挾帶鋒利氣流，彷若刀刃般將樹枝割爲數截，卻也將柯維安別在耳上的耳機割裂出數道裂痕。

但，事情還沒結束。

柯維安還沒來得及心疼自己的藍芽耳機，就見那些落地的樹枝竟又增生新的枝條。它們「咻嚕嚕」地高速旋動，螺旋狀般又要再纏上自己。

柯維安立刻要將手再探入筆電，不過在他取出毛筆之前，銀紫色的絢麗光芒轉眼到來。

霎時，樹枝徹底被抹滅得再無增生能力。

「再來？」提著旋刃的黑令佇立在柯維安旁側，低低地問。那柄造型特異的武器就像純粹由光點聚成，於夜間散發出耀眼的光芒。

「再來就是……」柯維安接過包包揹上，將筆電扔回裡頭。他握著和自己差不多高的金艷毛筆，目光沒有離開下方的路口。

透過架在路口處的另一面道路反射鏡，柯維安可以望見鏡裡映照出大批歪曲樹枝。它們高高地昂起，如大蛇扭動，宛如中心處水藍少女的忠心護衛。

柯維安還在思索著下一步的行動，未竟的話遭人強硬打斷。

「將那妖怪再引到上面一點。」白糸玄走近，不容質疑地說，「我剛在那附近布下符陣，只要將水中藤引進，我符家的術法自然能讓她大吃苦頭。只是有一點請恕我直說，我不知道你是沒發現或是認為這沒什麼大不了，但這裡緊鄰墓地，萬一因為你的疏忽造成瘴靈融合……」

「融合不起來的。」柯維安正忙著將耳機摘下，心中為自己可憐的耳機哀悼，才新買沒多久啊……「這裡沒亡魂逗留，我早就確認過了。」

「別胡說八道。」

「喵！維安才沒有胡說八道，他聞得出來啊！」

「什麼……」白糸玄似乎沒料到戊己會有這番驚人的反駁，錯愕地瞪向柯維安，「那種事……」

「那種事不是什麼值得討論的大事。重要的是水瀾要來了，還有小白他們那邊也有一名『水瀾』。」柯維安語速飛快，幾乎沒有停頓。然後如他所料，白糸玄的錯愕轉成震驚。

「喵……有兩個水瀾？」戊己也呆住了。

唯有黑令還是平靜如昔，像是一點也不在意水瀾究竟有幾個。

「所以，再來呢？」黑令問的還是同樣的問句。

「再來就是……」柯維安深吸一口氣，眼神堅定，「先把水瀾體內的瘴異處理掉再說！戊己，保護好自己！水瀾要來了——散開！」

隨著響亮有力的喊聲砸下，原先只出現在道路反射鏡裡的影像，在這時眞正出現在柯維安等人的視野內。

水藍色少女緩步領在前方，周圍則是張牙舞爪的枯枝藤蔓。那些異形的影子被路燈燈光映在山壁上，看起來令人不寒而慄。

「呵……」水瀾笑了，天眞中揉著詭異的瘋狂，紅眸像要滴滲出鮮紅的血液。「毛筆的，不能放過……白手套的，不能放過……灰頭髮的沒有欲望氣味，無聊，但有靈力，還是要吃了……」

水瀾輕抬手指，像數數般一個個點著前方的身影，四周樹枝則像領受命令似地乖順不動。

水瀾的指尖來到戊己前方。

「出生不久的，不傷害……」

「不，那也是妖怪，美味的力量來源哪。」

兩道截然不同的嗓音從同一張嘴唇吐出。

「不吃……」

「吃。」

「不吃……」

「吃！」

尖利的咯笑聲霍然爆出，水瀾蒼白的面龐再無天眞，僅餘瘋狂，她猛地揮動手臂。有如一聲令下，靜止的異形樹枝蜂擁行動。它們像野獸般竄躍，行動間細小的分枝跟著擺晃，帶出沙沙沙的怪異聲響，像是要擾得人心惶惶。

柯維安、黑令和白糸玄分散爲三個不同方向。

「哎……呵……」水瀾氣若游絲的喃笑聲如同來自四面八方，團團把人包圍住。

「維安、巨人族的，後面！」戊己的體積嬌小，貓族天生的靈敏更是讓牠佔有極大的活動優勢。牠敏捷地連連踩著高處跑跳，不時扭頭幫忙警告後面情況，「還有地上，小心！」

後面？地上？柯維安反射性低頭，頓見黑水像水蛇般不知何時悄悄繞到腳邊。他一驚，立即把毛筆轉向揮畫。

金色的字墨散濺，凡是觸及黑水之處，登時就能聽聞黑水發出被蒸騰似的滋滋聲響。

然而只阻止黑水還不夠，形如怪物的藤枝已逼靠過來。它張開攀連在主幹上的其他枝條，乍看下像是擁抱的姿勢。

「我只接受小白和全世界小天使的啊！」柯維安不假思索地平舉毛筆，像是將毛筆當成長劍使用。

染得金艷的筆尖竟眞如金屬，閃動著堅硬凜然的光澤。

只不過柯維安的毛筆筆尖還沒送進那個藤枝怪物的體內，一道人影已如鬼魅般來到怪物上方。

銀紫色的冷光迅雷不及掩耳地由上斬落，頓時將藤枝怪物一分爲二，俐落地斬成兩半。

不單如此，被剖開的兩面內側都像被高溫燒灼得焦黑。

白糸玄回過頭，剛好見到了這一幕。他是狩妖士，他明白那是什麼現象造成。

——強大滿溢的靈力自武器流洩出來，就會形成這種幾近灼傷的效果。

但是，不可能。

「不可能……」白糸玄不知自己輕蔑的語氣中流露出一絲動搖，「憑黑令那個廢物做不到的，是那神使的力量才對。」

白糸玄又見柯維安將毛筆揮甩向另一個藤枝怪物，隨後便是目睹那被削砍半邊的切面也布著一層焦黑。

白糸玄安心下來了。他沒有猜錯，果然是那名娃娃臉神使的傑作。

黑令只是碰巧補上那一擊而已。

「廢物就再繼續當廢物吧，三年前那種事絕對不可能再發生了。」白糸玄嘴角微微扭曲，他再掏出一把符紙，指尖稍一施勁。

不到眨眼工夫，符紙便化爲他慣用的白鐵盾牌，盾牌邊緣滾著一圈銳利的鋸齒。

「柯維安，加快速度！到我說的那地方去，逼她進符陣！」白糸玄擲出盾牌，白影就像迴旋鏢般在空中靈活穿梭，割裂了更多枝條。

更強烈的焦臭味道也漫溢出來。

白糸玄掩飾好內心的自豪——他的靈力從將符紙化形的速度和那片焦黑中自是表露無遺，無庸置疑的強大——他一手接住折返回來的白鐵盾牌，一手朝他布好符陣的方向一揮。

就算見著自己製造出來的部下陸續遭到毀滅，紅眼的水藍髮少女還是不為所動地坐在一座藤枝怪物上，任對方扛載著她前行。

水瀾垂著長長的眼睫，蒼白的手指恍如無意識般在空中繞出一個又一個圓。

每當一個圓圈繞成，那些乾枯的樹枝就冒出青綠色葉片，再抽出串串紫藤花，像是淡紫色鈴鐺，隨著藤枝怪物的行進一晃一晃。

「吃掉他們……迎接新朋友……」

「吃掉欲望，為了我等的唯一……」

為了唯一的甦醒……

誰也沒有發現到，在氣若游絲和粗啞的兩道嗓音中，隱約竟混雜著屬於第三者的竊笑。

就連雙眼被染成猩紅的水瀾，也沒有發現到。

藤枝怪物踏著大步，朝著柯維安等人的方向追去。

在今日慘淡的淺黃月光下，那詭異的身影行走於山路和墓地間，看起來簡直就是超乎現實的驚悚畫面。

一手製造出這畫面的水藍色少女，則愉悅地看著前方奔跑的身影。她輕輕地笑，像是嘆息，像是細微的泣音，隨後又轉成幽幽細弱的歌聲。

「哎……好朋友，我們行個禮，握握手呀，來猜拳……」

「喵？」戊己不自覺腳步一頓，回頭觀望，那是牠兄長失蹤前也唱過的人類兒歌。

「戊己，別停下！」柯維安急忙一把撈起小白貓，「要命，我第一次知道猜拳歌也可以唱得這麼陰森、這麼有鬼片FU的！」

氣若游絲的歌聲還在繼續，每一句都拉得綿綿長長。

「石頭布呀，看誰贏……」

戊己想起來了，當初他們在即將唱完歌的時候，那道古怪的聲音也跟著出現了。牠想扭頭告訴柯維安這事，但是在牠說出之前，水瀾的歌聲已經來到最後。

水瀾細細地哼唱。

「輸了就要……」

「跟我走！」

瞬間，粗礪低啞的嗓音冷不防地落下。

那不屬於在場任何一人的聲音。

水瀾眼眸微睜，彷彿沒預料到又會橫插出第三人。

領在最前頭的白糸玄煞住步伐，在他要通往符陣的去路上，不知何時擋立著一抹人影。

那人站在地勢偏高的位置，一手扠著腰，白色斗篷包裹住整個人，面上則是戴著一張造型奇異的狐狸面具。

黑底，白色花紋。

那人像是沒因爲底下的景象嚇住，反倒饒富興致地開口了：「好濃的妖氣味道哪，你們在開派對嗎？如果不收費的話，能不能也讓我加入呢？」

第六章

信四坑隧道的一切，似乎都因爲這名不速之客，頓時陷入了凝滯。

柯維安愕然地看著上頭的白斗篷人影，像是沒想到他們原本等候的另一個目標，居然會選在這個時間點露面。

「喵，前門有虎、後門有狼，是這個意思嗎？」戊己傻愣愣地說。

「沒有狼和虎，是狩妖士和妖怪。」接話的赫然是黑令，他溫吞地說，從那張沒有情緒的臉龐上，依然看不出一絲對於局勢生變的驚訝。

「哎呀，不能加入嗎？還是說眞的得收錢？第一次參加就給我個優惠吧。」穿著顯目斗篷的狐狸面具人影說，發出的聲音有如經過特別變造，分不出性別、年齡。

可是，柯維安已能篤定那是誰了。不會是別人，只會是……

「范相思！」白糸玄攢緊拳頭，猛地厲聲大喝，「竟然是妳做出令狩妖士蒙羞的事，妳簡直丟盡了狩妖士的臉面！不，妳根本不配作爲狩妖士！」

「欸？這麼快就認出我是誰了？我該怎麼說呢？這還眞是讓我感到受寵若驚。」白斗篷人影像是沒特別遮掩的意思，伸手摘下臉上的狐狸面具，聲音也回復符合她性別的清脆悅耳。

那是一張柯維安和黑令都在視頻上見過的臉，也是戊己絕對不會忘記的臉。

看似高中生的年紀，大大的貓兒眼被擋在細框眼鏡之後，卻無損絲毫靈活狡猾。一頭短髮削得薄薄的，末端留長一縷像是小尾巴。

其中最引人注目的，還是那染成漸層的橘色系劉海。

「你們這好熱鬧，就讓我加入如何？」范相思彷彿覺得斗篷礙事般扯開，露出她那身在夏季格外突兀的奇妙穿著。

短版厚外套、毛茸茸的雪靴，還有一腳是鏤空大半的亮色內搭襪。

「喵……」戊己從喉頭發出憤怒般的低吼。牠不會忘記就是這名穿著厚外套的女孩子接近甲乙哥哥後，甲乙哥哥才大喊著要牠快逃。

「戊己快逃！妳快逃！快點逃啊——」

「喵！」戊己猛地掙脫柯維安的臂彎，像支白色箭矢飛速地直衝向范相思，「把哥哥們還來！」

「戊己！」柯維安大驚。

先前僵持的局面如同被戊己突然的行動打碎，坐在藤枝怪物上的水瀾舔舔唇，「不是符家，但也可以吃掉……吃掉更多，要符家人付出代價！」

「付出代價！」

淒厲的女聲和沙啞的低吼疊合在一起。

水瀾的身影轉瞬間自藤枝怪物上消失，待她再度無聲無息出現時，是如此地接近柯維安，蒼白冰涼的手指幾乎要碰觸上那張娃娃臉。

「等……不是真這麼喜歡我吧！」及時察覺的柯維安冷汗淋漓，連忙身子一彎，稍嫌狼狽地拉開距離。

眼見兩個披掛串串紫藤的藤枝怪物已圍逼向自己，柯維安想也不想地抓著毛筆揮掃。金耀的痕跡留在藤枝怪物身上，瞬間便聞到驚人的滋滋聲響溢出，深褐的樹枝與淡紫色的花瓣像是受到烈火灼燒，立即化成大片焦黑。

緊接著，柯維安看見另一個本來亦離自己相當近的藤枝怪物碎裂成數大塊。

黑令摘下兜帽，銀紫色旋刃的光映著他淺灰的眼珠，使得他看起來更像在夜間行動的狼。

「和我保持距離，天暗，你……不明顯。」黑令慢慢地說，「砍到了，我沒辦法負責。」

「放心好了，我絕對沒打算要你負……靠！誰不明顯啊！你說得再委婉，結果還是在指我矮嘛！」柯維安一股惱怒又衝上，氣勢洶洶地瞪視黑令一眼，然後悲痛地發現由於信四坑隧道是條往上的山路，黑令站得比他上面一點，當下使得自己和他的身高差愈發明顯，對方的陰影都蓋住他整個人了。

「委婉，不好？」黑令像是認真地詢問。

柯維安瞥了一眼那雙淺灰眼珠，他看得出來黑令確實是認眞地發問，簡直就像散發凌厲感的狼，突然成了一條滿頭問號的大狗在瞅著人。

反差眞大，可惜不是蘿莉正太，不萌。

柯維安一剎那就將這些不合時宜的念頭全塞到角落，他舉起手表示他們可以晚點再研究，或是乾脆不研究。

柯維安飛快地再次打量現下的情況。

不知不覺中，水瀾製造出的藤枝怪物將信四坑隧道分成涇渭分明的兩邊。

一邊是范相思、白糸玄、戊己；一邊是他和黑令還有水瀾。

「柯維安，范相思交給我對付！你要做的就是將水中藤帶到那裡！」白糸玄也看出水瀾的首要目標是那名娃娃臉男孩，他暗暗告訴自己不要心急，他必須先對付另一名敵人。

「一分二，二為左右，兵武現形！」白糸玄將抽出的一張符紙按在盾牌中心，符紙隱沒，周遭的尖利鋸齒化爲規律的十二邊形。

隨著白糸玄伸手一抹，又一面盾牌從中分出，旋即朝著一個方向甩射出去。

邊緣呈六角形的盾牌猝然截立在戊己身前，硬生生阻斷了牠的去路。

「喵？」戊己先是一驚，緊接著想飛躍盾牌，奮力攻擊那名害牠兄長們失蹤的短髮少女。

但沒想到的是，那面白鐵色盾牌赫然翻面，從六角尖齒處迅速再伸展出眾多堅硬的長柱。

就像個鳥籠，將戊己困在裡頭，過窄的柵欄間隙讓牠無法擠出身子。

「貓還是要認分地待在籠子裡，我不希望有誰給這場戰鬥扯後腿。」白糸玄看也不看戊己一眼，他直視范相思，臂上的盾牌取下，改抓握於指間，「范相思，妳究竟想要多丟臉？」

「丟臉？我不覺得我做的事有哪裡丟臉哪。」范相思氣定神閒地說，「不管怎樣，速戰速決吧。難得有機會可以會會符家的大弟子，如果三年前那場比試我有參加，說不定我也有機會贏你，你覺得如何？」

「我覺得如何？我覺得，痴人就還是別說夢話。」

范相思話裡的「三年前」，就像尖刺戳中白糸玄最不想再回憶的痛處，那張端正的面孔霎時覆上陰狠，手中的白鐵盾牌更是快若疾雷般脫出，在空中畫出刁鑽的軌跡，直襲范相思所站的位置。

「真是的，鎖定女孩子的臉也太糟糕了，割壞的話，你怎麼賠都賠不起啊。」范相思嘴上速度快，反應的動作也不慢。她外套袖口滑出一柄摺扇，一抓握住扇柄，迅速揮甩開，將飛來的白色旋影一拍一搧，有如當成掌中物般靈巧把玩，最後指尖運勁，一鼓作氣地將盾牌擊回。

可是盾牌沒有回到主人手中，反倒掉墜地面。

范相思這才驚覺到，那名菁英氣質的青年赫然已不在她的視野範圍內。

范相思咂下舌，幾乎直覺地立刻一旋身，展開的扇面順勢揮出。

說時遲、那時快，摺扇和另一金屬物體擊撞在一塊。

白糸玄手中這次抓握的是另一面造型奇特的白鐵盾牌，乍看下就像多枚尖銳的金屬拼貼在一起。

白糸玄的速度很快，當范相思接下他的攻擊後，他即刻又抽手，手臂一抖振，原本的盾牌竟在剎那間拆解開來，有如一條彎曲的鐵蛇。

眼見敵手的盾牌竟成了長鞭般的存在，范相思驚異地笑了。

搶在長鞭掃來之前，她敏捷地連連翻退。待雙足在下一次的後翻中沾上地，馬上揮轉摺扇，「啪啪啪」地連擊長鞭。利用摺扇可收可展的優勢，她的身子宛如靈活的魚，一個滑溜逼近，轉瞬間大幅縮短彼此的距離，也讓遠距攻擊武器的長鞭幾乎無英雄用武之地。

是的，幾乎。

當范相思見到白糸玄不驚反笑，她就警覺到自己疏忽了什麼。

下一秒，金屬片飛快無比地收疊成盾牌，白糸玄抓著握把，快狠準地將盾牌正面擊撞上范相思的下頷。

范相思被這凶狠的一擊逼得後退，視線也出現模糊，眼前好似有殘影晃動。

「好痛……」范相思穩住步伐，摸摸已變得青紫的下巴。她的舌尖在突來的撞擊中被咬破，鐵鏽似的淡淡血腥味在口腔內擴散。「用符咒之術果然太犯規了，你是來真的嗎？」

「爲什麼不是來眞的？符家弟子豈能被人看輕？尤其又是被連咒符之術這種基本都學不完全的無門派狩妖士。」白糸玄的白手套不知何時被摘下，他一手持握盾牌，一手抓握著多張符紙。「范相思，妳說妳覺得會贏我。那麼，就讓我好好地見識見識。」

符紙猝然間被白糸玄揮撒至空中，每一張上面都事先寫好了漆黑字紋。

就在范相思反射性仰頭之際，一股疼痛猛地砸撞上她的背。

范相思睜大眼，她不知道那枚之前靜靜躺在地上的六角盾牌會驟然彈起，發動措手不及的攻擊。

白糸玄要的就是這個空隙。

他的盾牌再次轉換成鐵鞭，鋒利的尖端飛速戳刺中一張自上方飄落的符紙。

「一迴二響三行四動，四三二一，連華！」

白糸玄的長鞭遊走飛速，鮮紅的火花從符紙中心迸落開來。接著就像一陣連鎖反應，空中飄飛的符紙也盡數自燃成熾紅的火焰，它們宛如下墜的火焰之箭，紛紛衝著范相思飛去。

「清留道中，星火飛騰，破！」

火焰之箭瞬間一口氣追著范相思接連炸裂，緊迫盯人的攻擊將人逼得喘不過氣。

僅有摺扇作爲武器，對咒符法術似乎眞不擅長的范相思登時大吃苦頭。她躲閃得狼狽，但是白糸玄的出手卻是愈發咄咄逼人，連點餘地也不留。

「風來風去，重封一方！」

又是數張符飛竄射出，它們像利刃般割過范相思的肌膚。就在其中一張直闖她的胸前、使她不得不舉扇攔截的瞬間，白糸玄已同時一把箝握住她的手腕。

「我說過了，我會來眞的。范相思，是妳輸了。」白糸玄湊近低語，旋即五指乍然施勁，將那具纖細的身子朝藤枝怪物那方砸去，同時又是幾張符紙緊追在後。「一法二律三洛，三二一，焚晏！」

符紙化爲細索與火焰之箭，隨同范相思的身影一塊下墜往另一方。

被困在籠裡的戊己張大眸子，牠看見白糸玄重新戴回白手套，然後朝自己一步步走來……

糾纏在一起的大量藤枝和紫藤花瓣不單是組成奇形怪狀的生物，還自成了一堵牆，將信四坑隧道分成上下兩段。

柯維安不知道白糸玄和范相思的戰況如何，更不知道爲什麼水瀾寧願先鎖定他們這方。照理說，不是符家大弟子更深得她的「歡心」嗎？

「別說因爲我是她的眞愛啊！」柯維安哀叫中不忘使勁往地面揮畫金墨，斜長的金艷痕跡在前方數根尖銳冰稜飛來之前，閃爍著光芒。

淡金色的屏障拔地成形，使得冰稜只能紛紛斷裂成數截，再後繼無力地摔墜地面，成爲更多四散的冰晶。

紫藤花和枝蔓重重疊疊地環繞著，將後半段的信四坑隧道闢成獨立戰場，道路上方還懸布著無數大大小小的雪花狀結晶。這裡就像另類的牢籠，把柯維安和黑令關在其中，不容許他們輕易離開，也不讓人擅自闖入。

「所以，你真的是她的真愛嗎？」對於柯維安自暴自棄般的自我吐槽，卻有人認真地詢問了。黑令單手操控巨大旋刃，銀紫色的光弧每一閃動，就有冰柱與藤枝被斬落。他一邊高效率地清理著身旁的敵人，一邊將目光投向柯維安。

「我只是隨便說說的，要知道女人心海底針，更不用說是被瘴異寄附的漂亮小姐。」柯維安在空檔回話，他喘著氣，不忘迅速分析眼下局勢。

似乎是從前日的對戰中學到經驗，水瀾沒有貿然上前，反倒不斷凝出寒冰和召出紫藤，大幅耗損他們的體力。

水藍色少女就端坐在泛著黑氣的冰霜上，尖銳叢生的冰刺如同交疊出座椅，高高托著它們的主人。

「真愛?你不是她的真愛哪，但你的確是她的首要目標……噢，我的宿主。」水瀾吐出不屬於她的聲音，她面無表情，卻咯咯笑起，襯著那雙猩紅眼睛，說有多詭異就有多詭異，「你不知道原因嗎，小神使？」

要知道什麼原因？知道就像胡十炎說的，自己的長相是她的菜嗎？柯維安忍住吐槽，他們得想辦法打破僵局。先不管黑令的狀況，他的體力已經要被磨光了。

而高高坐在冰座上的水瀾，甚至才只動了手指。

「另外兩名狩妖士聞起來不錯，可是，遠遠比不上你這神使和你身邊那名狩妖士……」紅眼的水藍色少女柔軟地呢喃，「強大的靈力、美好的靈力……啊啊，我會把你們吃得丁點也不剩，連骨頭也不會留下，然後就能將這力量獻給我等的唯一……她會復活的，她終將從沉眠中……復活——」

水瀾，或者說瘴異的最後兩字拉得綿長，帶了點繾綣的味道。她抬起蒼白的手指遮著唇，咯咯笑了起來。

那笑聲猛地又拔成瘋狂。

「所以阻擋我等的傢伙……都該殺、該吃！」

猩紅色的眼瞳異光一閃，水瀾高坐在上的單薄身影無預警消失。

高空中所有雪花狀結晶瞬時全化成水流，嘩啦地兜頭淋下。

散發著冰冽寒氣的水流簡直像某種活物，纏繞上柯維安和黑令，又從透明逐漸凝爲黑藍色澤，寒氣從四肢百骸侵入，幾乎凍徹心扉。

只不過短短一會兒，水竟成了冰。

水瀾的身形倏地又凝聚在柯維安等人正前方，她最先凍封住的是他們的手臂和兵器。毛筆和旋刃被封於冰中，模糊的光斑在冰中閃動，折閃出更多虛幻的光影。

水瀾每走一步，足下就有成串的紫藤花綻放。然後那優雅的花串竟從中心滲染出不祥的黑，如蝶般的花瓣登時快速腐爛，化為扭曲的形狀。

見水瀾越走越近，泥沼般的黑暗也包圍他們，柯維安暗地冷汗淋漓。他再怎麼有辦法，在雙手都被凍住的情況下，也是無法可施。

接著，柯維安看見一雙蒼白的手探向自己，他聽見水瀾說：「奪走我的家的人，怎能原諒……還有欺騙我的人，符家欺騙了我……她欺騙了我，她明明說要給我一個家，她說過她說過……邵音她明明說過！」

「但是她騙了妳！」

少女的尖鳴和瘴異的吼聲再次交錯。

柯維安卻是瞳孔收縮，如同受到強烈的衝擊。

邵音……邵音!?

這瞬間，柯維安的思緒完全停擺。他震驚地瞪著水瀾，彷彿忘了有雙蒼白的手已經撫上他的頸子，就要將他的頸骨猛力一扭。

千鈞一髮之際，猛烈的爆炸聲響霍地迸出。

銀紫色光束迅雷不及掩耳地斬向那雙蒼白又纖細的手。

水瀾大驚，立時身形崩為水，再重聚時已和銀紫光芒拉開距離。

與此同時，高空中竟又傳來奇異的聲響。

水瀾反射性仰頭，頓見數十發的火焰之箭筆直垂墜，當中赫然還混著一抹人影，跟著一同狼狽下跌。

「什……」饒是柯維安也被這突來的變故弄得懵了，是另一陣更貼近他的清脆聲響拉回他的神智。

柯維安猛地回神，發現上一秒還被冰封的部分身軀已回復自由。

「我同意女人心海底針，但我無法理解，她為什麼想吃掉你我。」黑令說，「想吃人肉是種病，建議還是去醫治。」

你這是在建議瘴異去醫院看個醫生嗎？即使大略了解黑令的思考方式，柯維安有時還是不免因為對方的發言而張口結舌——平常讓人張口結舌的可總是自己——最不可思議的是，對方還是認真的，沒半點開玩笑的意味。

「呃，瘴異就是種遵循欲望的妖怪，它的心思正常人猜不透的。另外，雖然我很想知道你是怎麼破冰的，不過這時候——大好的機會還是不要浪費！」柯維安說話的速度飛快，抓著毛筆更是一鼓作氣地往前衝，「黑令，破開那些紫藤！我來困住水瀾！」

沒了冰錐、冰稜的緊迫夾擊，柯維安毫不猶豫地把握機會，一氣呵成接成了連續筆畫。看似鬼畫符，實則是篆體的凌亂字跡閃耀出耀眼的光芒，在漆黑的山路上與下墜的赤紅焰火相互輝映，霎時將泰半信四坑隧道照得大亮。

水瀾反應過來時，已被金黃和赤紅包夾。金耀的大字在她身下展開，封鎖住她的行動，讓她動彈不得，只能眼睜睜看著火焰如箭，筆直地一支支墜落。

水瀾猩紅的眼大睜，在烈焰中放聲尖叫，足下瞬間擴散出大片寒冰。

寒冰速度奇快地往四面八方蔓延，再同樣快速地劈里啪啦碎裂。大大小小的冰塊浮升起，有的崩融成水，有的像受到狂風席捲，凶暴地四濺出去。

「我靠！」隨著火焰箭矢一同自高空落下的人影爆了聲粗口。

范相思的身子被細索綁縛住，沒辦法有太大的掙動，她只能盡所能地蜷縮著背，減少自己墜地時的衝擊。

也虧得范相思幸運，那些飛旋的碎冰僅割傷她幾處，沒有留下太大的傷口。但是當她重重跌於山路上、差點一口氣岔過去之際，她又覺得自己的運氣不太好了。

一塊呈半月形的碎冰不偏不倚被氣流掃了過來，正好扣在范相思併靠一起的雙腕上。碎冰的兩側尖端深深陷入地裡，登時就像一副鎖銬，銬住了她的雙手。

范相思吐出一口氣，看著上方遭到外力劈砍而錯落倒下的紫藤花。

「忘記也給自己卜一卦了，鐵定是樹難之相啊……」

然後那聲嘆息就被東倒西歪的大量紫藤給淹沒。

另一端的灰髮青年聽到聲音、頓了下，他回頭發現身後並無他人後，那雙凌厲的淺灰眼珠又轉向，手上的旋刃飛快一掃，飛來的寒冰碎片盡數被擊落。

黑令的身影下一秒又掠出，在夜間遊走的他簡直快如鬼魅。他踩踏過體積較大的冰塊，三兩步就落足在柯維安身邊。

「清理完了。」黑令說，「然後？」

「滅了她體內的瘴異……」柯維安喘著氣，隨即從背包裡抓出筆電。筆電被他置放於地面，螢幕立起，該是平滑如鏡面，現在卻一圈圈晃漾出金色波紋。

柯維安動作迅速地將毛筆再探入，有如將之浸於滿滿的金燦液體中。

毛筆筆尖頓時吸得飽滿，愈發地炫亮。

「當然是這事優先進行，老大可是吩咐過，要把水瀾好好地交給他呢！」柯維安露出大大的笑容，倏地抽出毛筆，提筆大步衝出。

「明白，我可以協助，就當是零食的感謝。」黑令的身影不落人後地跟上。

被火焰灼傷的水瀾如今模樣狼狽，污黑的紫藤花分不出是被火舌舔舐，或是自身腐爛的緣故。

水瀾撫著臉，手指間隙露出的紅眼瘋狂又淒厲。

受到火焰的波及，路面的金色大字也逐漸剝落。

隨著金色褪得越多，水瀾也感受到約束之力迅速減少。

「不會，讓你們得逞……」雙掌後的淡紫色嘴唇拉出了歪斜的弧度。

下一秒，從泛黑的水波裙襬邊緣伸竄出大量深色樹枝，寒冰包裹在上，使得每一根樹枝都成了足以致命的武器。

樹枝像破柙而出的猛獸，氣勢洶洶地呼嘯飛上。

如果只有柯維安，他的確沒自信能有辦法突破這重重圍擊。

可是，有黑令在。

那名只要答應就會做到的灰髮年輕人就像陣凌厲的旋風，銀紫色的旋刃在他手中如同獲得生命，凡是光弧所到之處，立即斬得樹枝、寒冰盡數斷裂。

在黑令的開道下，柯維安的前進沒有受到阻攔。他和水瀾之間的距離越來越近，他清楚瞧見那名藍髮少女的眼中流露出憎恨。

但是，不論對方抱持著怎樣的情緒，這一切都要結束了。

柯維安如此相信著，以至於當他舉起毛筆使勁躍跳起來，準備將筆尖送進水瀾體內，卻被一陣猛烈氣流撞倒時，他素來靈活的腦袋也不禁空白了一、兩秒。

柯維安毫無防備地摔跌於地，毛筆自掌心脫滑滾落一邊。他瞪大了眼，一時忘記身上傳來的疼痛，只能怔然地瞪著前方。

數十道銀白光絲在沒有人察覺的時候，安靜又凶猛地從信四坑隧道上段竄伸下來，就連兩側也有銀白光絲沿著山路遊走。

光絲飛也似地交纏成小網、中網、大網，繁複得讓人找不出哪裡才是源頭，又該從何解開。

光芒壓過金字的銀白光絲，轉瞬便擴散至水瀾身下。

柯維安因為離得近，連帶地也被圈圍在光絲的範圍內。或者說，他也處於光網之上。

然後十來張符紙平空出現，上頭攀繞符文，剛好環繞在光網四周。

符？但是白糸玄的符陣不是應該在……柯維安運轉得飛快的思緒由於乍現的變故而卡了一瞬。

這一瞬，足以發生許多事。

「我在上方設了符陣沒錯，可是我沒說我在這裡沒設。畢竟曾包庇過妖怪的神使不足以讓人信任。」

伴隨著這道年輕嗓音，一個響亮的彈指聲也劃破黑夜。

瞬間，懸浮於空中的符紙陡然亮起光芒，黑色的文字脫出，一個個擴大交疊，最後像是一枚特大圖印，將水瀾與柯維安籠於正下方。

「一二三四，四三二一，引線成網，污穢盡羅。」從上方陰暗處走出的白糸玄舉起了戴著白手套的手，「亟光。」

柯維安看見墨黑圖印落下數根光柱，同時感覺自己的臂膀傳來拽扯的劇痛，他還沒來得及反應，就又覺得身體像沙包般在地面滾了幾圈。

這一滾撞，倒是讓柯維安猛然回過神。

「白糸玄！」顧不得身上因此多了幾處擦傷，也顧不得向及時扯出自己的黑令道謝，柯維安模樣狼狽地跳了起來。

他的確沒有要將水瀾逼往上方符陣的意思，他沒辦法保證白糸玄設下的符陣殺傷力有多大。可是他更沒想到，白糸玄暗中早已連這處也布下符陣。

從墨黑圖印上射下的光柱，有如長槍貫穿了水瀾纖弱的身軀、四肢。

紅眼的藍髮少女發出無聲尖鳴，像是想掙脫光柱，最後卻只能孱弱地伏下身子。

銀光圍繞下，中心處的纖細身影看起來既淒慘又可憐。

「白糸玄，你不能連水瀾也殺！我們要消滅的是瘴異！」柯維安啞著嗓子吼。他雙手用力拍起，額上的第三隻眼金紋再發亮，頓時身前光點湧現，轉眼間凝成了巨大毛筆。

柯維安握住毛筆，想也不想地就要再拔腿奔跑，但一隻手臂猛地拽住了他。

「黑令？」柯維安愣然，然而不待他說出下一句話，黑令已抓著他，大步往後連退。

「黑令！」柯維安大力掙開抓著他的手，無暇質問對方的突來之舉，立即就要再直衝前方，卻望見自己上一秒站的位置，此時遊走著詭異的銀白光絲，一張符紙從地底下隱隱浮冒。

「看樣子，雖是個廢物，不過你對符術還是挺敏銳的，黑令。」白糸玄漫不經心地瞥視一眼，語氣卻是十足的奚落，「想包庇妖怪的，就算是神使，也活該被狩妖士的術法所傷，不是嗎？」

柯維安這才知道，剛才要不是黑令動作快，自己早就無法好端端站在這了。

「那不是短時間內就能布置完成的符術。」黑令回應的聲調仍平直得沒有起伏，彷彿只是在直述「今天天氣很好」這樣的句子，感受不到一絲驚訝詫異。

白糸玄向來厭惡黑令的這種態度，明明不如人，卻依舊一副高高在上、誰也入不了眼的姿態。

「我確實花了點時間布置，不過廢物如你，恐怕難以理解其中的工夫。」白糸玄冷笑，「廢話就到這裡結束。我說過了，從符家脫逃的妖怪，就該由我符家殲滅！」

話音甫落，白糸玄不給他人再有機會上前，立刻掏出一張漆黑符紙，指尖同時泛起微光。

「一二三四，四三二一，正氣源流，環光——」

「嘎！亮晶晶的東西都是本大爺的啊——」

「什……！」白糸玄壓根沒料到，這時候居然還會有程咬金無預警殺出。他馬上扭頭向後，可撲撞入眼裡的是大片烏黑。

接著，白糸玄感覺到有什麼強勁地朝自己一股腦撞了過來。

這名符家大弟子千算萬算，就是沒算到自己會遭遇這麼一個橫禍，不但咒語被迫中斷，整個人還被撞得向後。偏偏信四坑隧道是條有著顯著起伏的山路，他又剛好站在高處，突然被大力一撞，頓時身勢不穩，往下跌得狼狽不說，還足足翻滾了一、兩圈才停住。

而白糸玄這一跌，同時也破壞了自己原先架設好的符陣。

空中懸浮的符紙暗下，漆黑圖印與光柱霎時消失，就連交織成網的銀白光絲也變得黯淡。

第七章

「柯維安！」

熟悉的叫喊驀然砸下，撲撞白糸玄的那片黑影上飛速躍下兩抹身影，其中一人就是大叫出柯維安名字的一刻。

「小白……小白！小可的哥哥！」柯維安本來還因霍然衝下的黑影發愣，一聽到絕不會錯認的聲音，即刻拉回神智。

柯維安張大眼，看見一刻和蔚商白跳下的原來不是什麼黑影，赫然也是他熟悉的……

「八金!?我靠，你竟然會變大！」

「身爲一隻帥鳥，變大是基本配備的技能。」體型大小足以輕鬆載人的八金得意地昂頭，接著牠甩甩身子，背上又滾落了兩道人影。「不過一口氣載四隻還是有點重……嘎啊！本大爺看重的寶物呢？那些閃亮亮的銀子呢？」

八金的身軀驟然縮回一般尺寸，牠震驚地拍振著翅膀，不敢相信地在空中直飛轉。

柯維安沒理會那隻呱呱叫的烏鴉，目光落在被八金甩下的兩人身上。

那是兩名相貌陌生的少年，看起來平凡、難以讓人留下深刻印象。他們閉著眼，就算滾到山路上，還是沒丁點反應，顯然失去意識、昏迷過去了。

柯維安還注意到兩名少年的身上裹著一件黑斗篷，即便一刻等人還沒開口，他也馬上意會過來那是誰了。

「前天的，白痴高中生？」黑令率先開口。

「我說人家好歹有名字……好吧，是代稱，他們叫小伍、小陸。」柯維安糾正，接著眼神投向一刻，「小白，你們那邊的水瀾……」

「打到一半就消失了，顯然你們這的才是本尊。」一刻迅速掃了眼此處現在的境況。

藍髮少女幾乎毫無動靜地伏於地面，她的裙襬與髮絲仍舊像水波的漣漪，但漣漪中卻隱透著不祥的黑氣。環圈在她四周的紫藤花則像腐爛般發黑，積淤一片，如同爛泥。

除此之外，信四坑的路面也四散著完好或是半毀損的符紙。

一刻望向白糸玄。他的眉頭緊緊皺了起來，沒忘記他們乘著八金趕來這裡的時候，那名青年明顯要對水瀾做出什麼事。

那一看就知道是不會留情的手段。

「柯維安，怎麼回事？」一刻問道。

「就是，行動沒有配合好而已。」柯維安含糊帶過，「小白，水瀾體內的瘴異還在，我們先處理，再來處理那些抓了甲乙他們的狩妖士吧。小伍、小陸再加上……范相思。啊咧，范相思人呢？」

「在那帶，大概。」黑令憶起自己在砍倒紫藤時，似乎曾聽見一聲感嘆。他隨意地往下半路段一指，就當作是給出了答案。

柯維安瞇眼努力一盯，還眞的從花葉間盯出一抹顏色鮮艷的內搭襪。

看樣子，內搭襪的主人可能也被砸得暈了。

「嘎！」八金忽地像是發現什麼，立刻靠近路邊的一棵大樹。當牠載著一團白色飛下後，柯維安等人不禁面露吃驚。

「戊己？」柯維安趕忙伸手接抱住小白貓。方才心力都專注於水瀾和阻止白糸玄，一時眞忘記對方躲藏到哪裡去了。「妳躲到樹上了啊，這樣也挺聰明的……戊己？」

柯維安注意到事情有點不對勁，素來活潑的小白貓安靜得異常。不但沒有任何回應，也毫無掙動，唯有一雙琥珀色的眸子睜得大大的，裡頭像是滿懷驚恐。

「戊己？戊己？小貓崽，妳怎麼了？」八金在旁飛轉。牠認識的戊己從來就不是乖順得悶不吭聲的性子，尤其在這種時候，反倒更顯得異常。

柯維安也捕捉到其他不尋常之處。

一開始戊己藏身樹上就算了，可是爲何之後都不露面，直到八金發覺牠的存在……而且牠還讓八金載著自己下來，除非有必要，不然戊己都喜歡憑自身之力行動……

「慢著，這情況就和我前天碰上戊己時一樣！」一刻驀地變了臉色，他想到初見戊己那時候，小白貓也像被封住說話和反擊能力，「但那時是范相思……」

「可是，范相思沒道理再……」柯維安的低喊猝然被一隻橫來的手臂打斷。

黑令無預警拎高戊己，讓牠的肚皮完全展現在眾人眼前。

「有符術的味道。」黑令說。

就算不用黑令說明，所有人也都清楚看見戊己的肚皮上，赫然貼著一張黑色符紙。

黑色的……柯維安猛地記起自己在不久前才見過類似的符紙，他急急轉頭，脫口就要厲喊出那個名字。

但那名有絲狼狽，還坐在路面上的青年，舉起了戴著白手套的手。

他說：「這的確有些打亂了我本來的計畫，不過能一網打盡也好。對了，希望你們聽過這句話……螳螂捕蟬，黃雀在後。」

白糸玄毫不猶豫地一把捏握住手指。

剎那間，那些凌亂散布在路間的符紙竟再次迸發出銀白色光芒。但它們不是遊走出光絲，而是像點點星火般飛散至空中，再一口氣急遽落下。

凡是銀白光線沾染之處，瞬間平空浮露出更多細密的銀白圖騰。

大大小小的圖騰接連在一起，往上一路延伸。整條信四坑隧道乍看之下就像成了一張巨大的符紙，連綿在上頭的成串圖騰則成了符文。

「我操你的！」一刻當即反應過來他們這方顯然也被算計進去，他狠戾了眼，抓住轉瞬成形的白針，與蔚商白不約而同地一同夾擊向白糸玄。

可是他們兩人的前腳剛抬起，下一秒就覺身子有如千斤重，控制不住地往下急墜。

饒是蔚商白不動如山的表情，也現出了一絲驚詫。

「你們沒有發現自己身上也被貼了什麼嗎？」白糸玄勾起嘲弄的笑，抬起一根手指。

一刻和蔚商白的長褲下襬倏地燃冒出細細的黑煙。

一刻愕然低頭，撞入視野內的是片片焦黑的紙屑從褲管上飄落，那是他最後記得的印象。

一刻甚至來不及察看其他同伴，身軀就已重重趴落在地。

事實上，不僅一刻，包括蔚商白、黑令、柯維安，都像被抽走了意識，有如毫無生氣的人偶，一動也不動。

唯有戊己和八金似乎不受銀白符陣的影響，還保持著清醒。

一貓一鳥驚惶地瞪著施施然站起的白糸玄，怎樣也沒想到和他們公會合作的狩妖士，到頭來居然會反咬他們這方一口。

「嘎！嘎！你以為你是在做什麼？」驚惶退去，八金氣急敗壞地拍著雙翅大叫。似乎覺得自己一鳥獨木難支，牠趕緊扭頭咬下戊己身上的黑符。

符紙一脫離，先前離了黑令手臂便癱軟於地的戊己瞬間一震。牠飛快跳起，眼眸瞪大，背脊弓得像拉滿的弦。

「喵！你到底想對小白大人還有維安他們做什麼？」戊己齜牙咧嘴地從喉間擠出威嚇的低喊，「你還封住我的行動，你不是打倒了綁走我哥哥他們的壞人嗎？喵，你到底想要做什麼？快說喵！不然人家和八金不會放過你的喵！」

「沒錯嘎！」八金也不甘示弱地張開雙翅。

白糸玄全然無視那一貓一鳥，也沒有再對倒於路面的柯維安等人做出其他舉動。他只是繞過了那些被符陣奪走意識的人，來到小伍和小陸身前。

接著，白糸玄做出讓八金和戊己呆然的動作。

他毫不客氣地踢了那兩名少年一腳。

「起來，我知道你們也該醒了，別再裝死。」

「幹，會痛耶……」本以為昏死的小伍忽然張開眼睛，冒出抱怨，「你就不能輕點嗎？」

「我同意小伍的意見……」小陸也打開雙眼，一骨碌地跳起，隨後就又縮起身體，嘴裡發出哼哼哈哈的呻吟，「馬的，我全身都還在痛。前天被你那麼不留情地打就算了，今天還得被那兩個混蛋神使打，又被你踢……有沒有那麼背啊我。」

他們在說什麼……戊己茫然地望著那三人，連高豎起來的尾巴也在不知不覺間垂下。

「不過不愧是師兄設下的符陣，不止放倒了那些傢伙，也順便激回我們的意識，不然那兩個混蛋神使的拳頭還真重。」小伍也爬了起來，他皺著臉，忍著身上各處傳來的疼痛，然後像發現有趣存在般亮起雙眼，「這不是之前碰上的貓妖嘛，雖然那時被妳逃了，但還真沒想到妳又出現了。」

小伍咧開躍躍欲試的笑容，「師兄，這隻可以直接宰了嗎？繁星市的妖怪沒一隻有宰成，這次總能行了吧？」

「喂，等等、等等！」小陸不平地一揮手，「那次我沒去成，連狩獵貓妖的滋味都沒享受到，這次該讓給我才公平吧？」

「喵……什麼……」戊己一時彷彿喪失語言能力，也沒發現八金緊張地把翅膀張得更開，擋護在牠面前。

戊己不笨，從小伍和小陸的對話中，牠聽出那名叫小陸的狩妖士並沒有參與那次的狩獵行動。可是當時的確有三個戴著黑狐面具的人，其中一人就是范相思，另一人則是小伍……

如果小陸沒去，那麼那時候的第三人……

「只不過是低等的存在，還想學人類展現同伴愛嗎？光想就令人作嘔。」

——「和妖怪講人話，傻子才做這樣的事。只不過是低等的存在，還想學人類展現同伴愛嗎？光想就令人作嘔。」

曾經在那夜聽過的冷酷話語如今再次在耳邊落下，戊己僵硬地抬高頭，下一瞬間全身如墜冰窖。

白糸玄的手上不知何時出現了一張面具。

奇異的黑狐造型，上頭勾勒著白色花紋，就和那一夜見到的……一模一樣。

戊己覺得自己墜入了一團混亂，混亂中還夾雜著驚慌與不敢置信。

那幾個人類在說什麼？那一夜出現在他們兄妹面前的，不是本以爲的三人……居然是小伍、范相思，還有白糸玄嗎？

但那個叫白糸玄的狩妖士，不是符家派出的代表嗎？他還信誓旦旦地說，綁架哥哥和狩獵妖怪的人絕對不可能是符家的狩妖士……他看起來就像和維安他們站在同一邊……

所以，都是騙人的？都是故意矇騙人的？

「是你……你才是那天攻擊我們的人喵！」琥珀色的眼眸猛地燃起憤怒的焰火，戊己攻擊性十足地弓起背，毛髮倒豎，口中露出森白尖銳的牙。「你是欺騙公會、欺騙老大，還傷害維安他們的壞人喵！」

被沸騰怒火沖昏頭的戊己再也無法多想，牠厲喊一聲，小小的身子撲躍過前方的八金，像道閃電般疾速衝向白糸玄。

「戊己！」八金大驚。戊己還只是連人形也化不出來的貓妖，怎可能有辦法和三名狩妖士對上？

八金連忙奮力追上，想要阻止對方的魯莽行動。

白糸玄卻是居高臨下地俯視那隻意圖攻擊自己的小白貓，他的眼神是冷酷的，彷彿睨看著螻蟻。

「自不量力。」白糸玄哼了聲，在戊己即將碰觸上他衣角的剎那間，被白手套裹覆的手指迅速抽出一張符紙。

詭異字文乍現，一道白光同時浮起，當場凍封住戊己的行動。

戊己只能瞪大著眼，感覺到自己的身軀往下墜，就像先前那般不受控制。

「嘎！接殺成功！」八金搶在戊己眞的摔落地面前，火速將那團白色叼起，飛回到昏迷過去的柯維安等人身邊，與三名狩妖士盡量保持距離。

「欸欸，師兄，讓我動手過過癮嘛。」小陸興致勃勃地也抽出一張符紙、注入靈力，使之化爲一柄大斧。

「不行。」白糸玄伸出手，「這一貓一鳥先留著，牠們都是那個神使公會的成員，等最後再連另外三隻貓妖的屍體一同送給他們當見面禮吧。況且，在此之前，我們還有另一個獵物可以狩獵。」

白糸玄勾起唇角，低低笑起。

小伍和小陸頓時像明白了什麼，也跟著笑起，目光落在另一端趴伏於地、彷若連點呼吸也沒有的水藍身影。

「瘴異結果也沒什麼嘛，還不是敗在師兄的符陣之下。」小伍笑嘻嘻地說。

「那還用說嗎？我們符家的術法自是第一。」白糸玄的聲音裡有著掩不住的傲氣，他輕蔑地瞥視了地上的灰髮年輕人一眼。

「就算對符術敏銳又怎樣，假使靈力和我一般強盛，就不至於被這符陣撂倒了。廢物到頭來還是廢物。黑令，不過你倒是有一點說對了，這地方的符陣的確不是短時間完成的，要把這一切都圍起來，可是花了我不少時間。」

「這次多虧師兄你啊，要把那幾個可能成爲收網地點的地方都設置成大型符陣，憑我和小陸、范相思，可是做不到的。尤其是范相思那女人，根本連基本符術也……慢著，范相思人呢？」小陸就像霍地想起他們還有另一名同伴，他狐疑地東張西望，放眼所及就是不見那抹眼熟的身影。

「對厚，范相思人咧？」經小陸一說，小伍才恍然想起，他跟著加入東張西望的行列，「大師兄，計畫不是安排你和她對上嗎？」

「哈囉，總算有人想起我了啊……」一道有氣無力的嗓音緊接著在下一瞬間響起。

忽然出現的說話聲，嚇了無防備的小伍、小陸一跳，他們迅速轉頭，望向聲音來源。

那裡有著一大片凌亂的藤枝和藤花堆疊倒落，不過在花葉間，隱約可見一截突兀的鮮艷顏色。

「哇靠!范相思，妳怎麼被壓在那種地方？」小伍咂舌，「比我和小陸之前還慘耶!」

「妳是被混蛋神使打的、妖怪打的，還是師兄打的啊？」小陸收起大斧，拽著小伍跑了過去，還是發揮一把同伴愛，幫忙將壓著的障礙物搬開。

「是我打的。」白糸玄站在原地不動，「她說想要來眞的，我只是讓她見識一下什麼叫實力差距。」

「哇，妳瘋了吧？師兄是我們符家弟子中最強的耶!」

「想不開也用不著這樣。」

小伍、小陸邊動手，邊七嘴八舌地嘲笑范相思在他們眼中看來愚蠢的行爲。

隨著紫藤被搬開，范相思清脆的嗓音也愈發清晰地迴盪在山路間。

「哎喲，其實我還沒拿出實力的啊，不然局面就該是顚倒過來一面倒啦。沒聽過主角的力量往往都被封印住，最後才釋放出來的嗎？」

「哼，別再說這種愚蠢的夢話了。」白糸玄也聽見這番言論，他嗤笑一聲，沒忘記在場還

有妖怪沒被剝奪行動力，陰冷的視線轉落至八金身上。

「你……嘎啊！」八金雖然常被柯維安評論腦子時好時壞，可在重要時刻，牠的思考能力還是能有所發揮。牠一點也不笨，在經過這一會兒後，也從白糸玄等人間的言談拼湊出什麼。

「你是早就布置好的，符家狩妖士！你利用了柯維安給你的計畫，柯維安說你有事回符家……你根本就沒回去嘎！」

「以一隻鳥來說，你的智商還算不錯。」白糸玄隨手又抽出張符紙，釘住了八金的身子，只留下牠發聲的能力。「我當然沒有眞的回符家一趟。我得感謝柯維安給我的那些資料，讓我事先能在幾個特定地點做好準備。」

「恐怕他們不會料想到，我曾待在這裡——繁星大學，布置好大型符陣，等著人自投羅網。用不著奢望會有誰來幫忙，這區都被符陣包圍了，進不來也出不去，再也沒比這更棒的狩獵場所了，對吧？」

「你這個卑鄙的傢伙！」八金尖聲大罵，「我們老大不會放過你，神使公會也不會放過你嘎！」

「啊，那無所謂。」出人意表地，白糸玄竟是不在乎地聳聳肩膀。他走到八金身前，高高在上地俯望對方，「神使公會、神使公會，明明就只是一群下等妖怪，卻還自以爲是地組織了這種可笑玩意，願意被妖怪使喚的神使同樣可笑。」

「嘎呸！」八金不客氣地衝著白糸玄的鞋子吐出一口唾沫，「本大爺聽你在放屁！公會哪裡可笑了？柯維安他們更是一點也不可笑！」

白糸玄眉頭嫌惡地擰起，像是想要一腳踹上八金，但最後還是忍了下來。

「就說是比人類低等的東西。」白糸玄低語，將鞋面直接擦抹上八金的羽毛，「既然生來該是讓我等狩妖士狩獵，就該乖乖當個獵物。只要想到家主居然還命令我們盡量別到繁星市，就覺得眞令人難以忍受。」

「師兄說得對！」幫忙攙扶范相思到路邊坐下的小伍大聲應和，「狩妖士就該狩獵所有妖怪！家主要我們別到繁星市，擺明了就是忌憚神使公會嘛。家主根本是老糊塗，腦子不清楚，怪不得現在會臥病……」

「小伍，你太多話了！」白糸玄嚴厲斥喝。

自知失言的小伍畏縮地閉上嘴巴。

「哎？符家那位老家主生病了嗎？」坐在路邊，靠著山壁休息的范相思感興趣地問，「一個月前的狩妖士會議上，她看起來還挺健朗的……不過，這消息怎麼沒有傳出來？」

「那和非符家子弟的妳無關，范相思。」白糸玄語調低沉了一階，「我相信妳知道什麼話該說，什麼不該說。」

「啊啦，看你的誠意囉？」即使在之前的戰鬥中完全被白糸玄壓著打，范相思此時依然笑得狡猾，食指和拇指暗示性地圈成未閉攏的圓形。

「眞是死要錢。」小陸低聲和小伍說，後者完全同意地點頭。

無視范相思意有所指的句子，白糸玄像是紆尊降貴地在八金面前蹲下身子，說：「我們早就受不了這種無聊的假平衡了，尤其是想到你們這些妖怪還眞自以爲與眾不同，就令人無比不愉快。既然如此，就一口氣打破平衡吧，也該讓神使見識一下狩妖士的實力更爲強大了。不過柯維安包庇妖怪的舉動眞是一個驚喜。」

白糸玄慢慢地笑了，雙眼陰冷，「傷人作惡的妖怪也要袒護嗎？那正好，這種是非不分的神使被狩妖士打傷，也是無話可說吧？」

「你……」八金震驚地瞪著白糸玄，還有他後方興奮表示贊同的小伍、小陸。

「你們是白痴、智障嗎？」八金氣得粗啞大吼。要是自己能動，巴不得狠狠啄上白糸玄的臉，「你們到底以爲三大家和我們老大是爲了要避免什麼嘎！」

「可是，挑起兩邊對立才好玩，不是嗎？」小伍手中也抓著符紙，他隨手一拋，扛著長戟無所謂地咧嘴笑。「而且狩妖士狩獵妖怪本來就是天經地義。是說師兄的計畫太好了，就算被知道綁架貓妖的人是我們又怎樣？其他狩妖士一旦知道神使包庇妖怪，鐵定也不能忍。」

「但在那之前，我們有件事得先處理一下。」白糸玄站了起來，慢慢走向范相思。接著令人措手不及地舉起手，暗中捏緊的符紙瞬間化作光束，迅速射向靠著路邊山壁休息的范相思。

「師兄？」小伍、小陸驚異大叫，不懂白糸玄為何要將符化為光環，扣在范相思的頸間。

白糸玄的舉動不僅僅如此，他又射出兩張符，連范相思的雙腕都銬在山壁上。

突然被封鎖自由的短髮少女張大眼，露出驚訝的表情。

「隨意銬住女孩子可是不禮貌的，我會收費的喔。」范相思看起來大抵還算冷靜，她試著掙動下手，發現徒勞無功後就又放棄。「不會是因為我說我實力沒拿出來，就惱羞成怒了吧？嘖嘖，男人太小心眼不好哪。」

「沒有實力就少說大話，范相思。」白糸玄說道，「妳覺得我為什麼要這麼做？我猜妳心裡有數。」

「嗯……不知道耶。」

「師兄，到底是怎麼回事？」

「對啊，師兄。小陸說得沒錯，到底怎麼回事？范相思不是我們的同伴嗎？」

「是同伴的話，會故意洩露那麼多訊息給那隻白貓嗎？妳故意把自己的臉書帳密留給柯維安他們，好讓他們能夠看見我們的社團。范相思，這就是同伴的做法嗎？」白糸玄臉上閃過陰霾，眸光更是陰沉。

小伍和小陸則是呆住了。

唯獨當事人還是一派氣定神閒的態度，似乎被銬在山壁上的不是自己。

「當我聽見妳和貓妖在一起時，我就覺得不對勁。既然妳逮到牠，不但沒將牠抓回，還外洩訊息，這表明妳有問題。然後我又想到，我們在繁星市的行動也是妳要我們別太冒進，先從小惡作劇做起。因爲妳說妳是繁星市人，我們才先聽妳的……現在想起來，妳其實是在暗中阻撓我們吧？范相思，妳是別有目的才加入我們的！」

白糸玄彎下腰，一手掐上范相思的下巴。

他當初一看見范相思的臉書頭像，立刻就認出對方的身分了。在他們那個實際上僅有四人的社團中，只有她是用自己的自拍照作爲頭像圖片，這使他反射性地喊出對方名字。

但同時，他也想讓所有人的注意力都轉移至她身上。

「我說呢，你就用不著戴著手套碰我了吧？」下巴被迫抬高的范相思語氣隨性地說道：「我又不是妖怪，而且覺得妖怪髒才戴手套這點，眞的挺娘的。啊，還有別說得好像你一開始就信任我。除了不讓我知道那三隻小貓最後是藏在哪裡外，你不是也早就派你的使者監視我的一舉一動了嗎？」

范相思最後幾字拉得輕快綿長，宛如在哼歌。

不單是小伍、小陸反應不過來眼下的局面發展，就連八金也聽得目瞪口呆。

八金忽地感覺自己的尾羽被抓扯了下，牠回頭看向戊己，小白貓睜圓的眼中也是一片震驚，彷彿不明白事情怎會如此峰迴路轉。

於是八金轉回頭，繼續目瞪口呆。

「那是當然的。」白糸玄收回手，直挺身子，「妳一不是符家弟子，二不歸屬於任何正統門派。就算妳符合狩妖王國的條件，也拿出證明加入我們，但一點防範措施還是必要的。現在不就證明我做得沒錯？」

白糸玄霍然一揮手，四周林木中驀地一陣躁動，數十來隻黑鳥拍翅飛振起，再停棲在顯眼的位置。

八金以為是和自己同樣的烏鴉，但再定睛一瞧，登時發現那些並不是眞的鳥類，而是一隻隻摺紙黑鳥。

「等等、等一下！」小伍倏然大吼，「也就是說……范相思是來臥底的嗎？她騙了我們!?」

「嗯，但是白糸玄不也騙了柯維安他們嗎？」范相思維持著輕鬆自若的態度，咧開了狡猾的笑容，「雖然最初看那個有戀童癖嫌疑的鬈毛娃娃臉被人耍也很有意思，不過就像你說的，白糸玄……螳螂捕蟬，黃雀在後呀。」

「所以黃雀要來收割了。還有，我不是戀童癖，我是眞心愛著世上所有的小天使。」有人這麼說。

那是一道不屬於白糸玄，也不屬於小伍和小陸的男孩子聲音。

第八章

明明就是聽起來再普通不過的年輕男孩聲音，然而此時此刻落在靜寂的信四坑隧道間，卻有如一道乍然到來的驚雷，震懾得白糸玄、小伍和小陸的後背都爬上一絲涼意。

不可能、不可能的！白糸玄猛地轉頭，力道之大像是會扯傷肌肉，可是他一點也不在乎。然後，白糸玄只覺自己像迎面被人揍了一拳。

以爲該失去意識的柯維安眼下盤腿坐著，手裡把玩著手機，還像不怕人看似地，特意展現螢幕的那面，上頭顯示的是正在錄音的畫面。

不單如此，還有一人坐在柯維安身邊。他垂著眼，乍看之下無精打采，但當他抬起眼，那雙淺灰的眼珠卻又立刻讓人聯想到冰原上的狼，散發著驚人的凌厲感。

白糸玄鮮少有說不出話的感覺，然而這次他的確眞切地感到話語噎在喉頭的滋味。

「柯維安，你沒暈？那個巨人族的也沒有？」八金欣喜若狂，聲音拔尖了好幾度，「你們裝死裝得太厲害了嘎！但是等等，爲什麼白毛他們就沒坐起來，也嚇那些混蛋狩妖士一跳？」

「我必須申明一下。」柯維安舉起手，注意到多道視線像巴不得刺穿他的手機。他毫不在意，不忘對同樣驚喜不已的戊己笑了下，「我可沒有裝，符家的符陣還眞是名不虛傳，這點我眞的要承認。我和小白還有小可的哥哥，一樣都昏了過去。」

「不過，一開始我的確沒想到白糸玄你和這事有關。唔，我說的一開始是指我們任務前期。」柯維安將手機往唇下湊近，一字一字地說，大大的雙眼卻是銳利地盯住白糸玄等人。

「單憑那個臉書社團的內容，不至於讓我聯想到你。可是呢，你在一見到范相思的頭像和方才對方出現的時候，都第一時間就認出了她是誰。」

「你在胡扯什麼？那是……」

「那是你靠她的劉海顏色認出來的，但你也說過你和她不熟、認識不深。所以就算有那些關鍵字，你該也不會馬上就知道她是誰，更何況她剛剛連面具都沒摘下。連這樣的情況都能認出，如果不是眞愛，就表示你早知道她的身分了。畢竟就連我這個和她交情不錯的，都認不出來了。」

「交情不錯……你們果然是私底下串通好的……」

「錯，我眞的不曉得她在你們社團裡。而且你不也監視著她嗎？是你自己無意間透露線索的，白糸玄。除了太快肯定范相思的身分，你還說了『私密社團』。」柯維安頓了下，再笑咪咪地說，只是眼裡並沒有一貫開朗的笑意。「臉書的社團分爲公開、不公開、私密，但我們什麼都還沒說，你就篤定范相思那裡有個私密社團。」

「從范相思的臉書裡，你們也發現什麼私密社團了嗎？」

白糸玄似乎也回想起他當初說過的話，頓地臉色鐵青。

「對了，你們想知道我是什麼時候醒過來的嗎？」彷彿要火上加油，柯維安語氣輕鬆地說道：「唔，剛開始的時候啦，大概在有人說『低等的妖怪展現同伴愛』的時候才醒了過來。」

「那聽得挺多的耶。」范相思吹了聲口哨，貓兒眼笑得彎彎。

相較之下，白糸玄他們卻一點也笑不出來。

以爲該昏的人竟然醒了，還把他們的對話都錄下來，這怎麼可能笑得出來？

小伍、小陸的臉色刷成青白，驚慌的視線不由自主地投向白糸玄，冀望對方能有一套解決辦法。

「這不可能……你明明就不是狩妖士！柯維安，就算你是神使，但憑你連符術也不懂，又怎麼可能有辦法抵抗我的符陣？」白糸玄高高在上的態度迸裂出數道裂痕，他握緊拳頭，氣急敗壞地大吼。

「我是不懂。」柯維安聳聳肩膀，「但是……」

「我懂。」黑令慢呑呑地吐出第一句話，他直起身子，像是想給過於修長的手腳一個盡情伸展的空間。

「胡扯！」小陸想也不想地大叫，「你怎麼可能懂得這種大型的……！」

小陸驀地像是哽住了聲音，因爲他想起面前的灰髮年輕人再怎麼說，也是黑家下任家主的候選人。如果說黑令連點符術也不懂，那也太自欺欺人了……

「不對，就算你有這方面的知識又怎樣？」小伍將長戟的尖端猛地指向黑令，「沒道理你破得了啊！」

「哈囉，這時再讓我插個嘴怎樣？」范相思笑吟吟地說，「白糸玄自己不也都說過了？如果是靈力和他一樣強盛的狩妖士，就不會被這陣給放倒了，對吧？」

白糸玄觸電似地一震，他身子僵住，就連指尖也感到一陣發麻，還有種難以形容的冷意像小蛇般捲上，就算隔著手套也抵不住。

不可能的……他設法堅定地告訴自己，然而腦海內卻無可避免地閃現過他以為被自己鎖在角落的那幕景象。

有誰在措手不及間，就將散著銀紫光芒的武器抵在他的咽喉前，他甚至連反擊的機會也沒有。

然後有誰看也不看地扔掉武器，只丟下了四個字。

「……無聊透了。」

無聊透了、無聊透了。

那名少年以索然無味的口吻說，卻不知那次的比試成為他亮眼成績單上無法抹去的污點。

「你沒有多少靈力，你只是個廢物才對，黑令……這是大家都知道的事！」白糸玄扭曲了臉，再也控制不住情緒地咆哮。

柯維安剎那間變了臉色，他看見白糸玄的心口前竟伸竄出一條黑色細線垂下。

那是欲線。

白糸玄的欲望失衡了！

「黑令，我拜託你什麼話也別說！」柯維安尖促地喊。

黑令偏頭望了柯維安一眼，他的確什麼話也沒說，他只是張開自己的手，上頭除了白色繃帶外，空無一物。

可就在下一秒，銀紫色的光點驟然生成，再一晃眼，頓時平空凝聚成一柄造型特異的武器。

兩端皆像尖刀，通體透著美麗又凜冽的光芒，像純粹由光之粒子組成。

正是黑令在這幾場戰鬥中展現出來的專用武器，旋刃。

在場的人都不是第一次看見這柄武器，卻是第一次目睹它是如何在黑令手中成形。

不過轉瞬間，觀看之人甚至都覺得自己連眼都還來不及眨，便已瞧見黑令將旋刃虛握於指間。

「好吧，他沒說，他只是做了。」脖子和雙手都被銬住的范相思嘀咕。嘀咕聲不大，但在沒有其他聲響的山路上卻清晰可聞。

柯維安聽到了，可是他有些茫然。在他看來，黑令頂多是召喚出自己的武器。

然而白糸玄、小伍和小陸就像是沒聽見范相思在說什麼，他們死死盯住閃耀銀紫光輝的旋刃，如同在看什麼恐怖的東西。

小伍和小陸臉都白了，瞠大的雙眼中混雜著不敢相信和慌亂。

白糸玄的臉色更加難以形容，他大力捏握住拳頭，手背條條青筋浮冒，看起來就像是被人重重摑了一掌，整個人處在震驚與無法接受現實的情緒中。

「怎麼了？」柯維安屏息地問。倒映在他眼內的那條細線，瞬間像是受到主人的情緒感染，停止了生長。

可是那逼近腰間的長度，依舊讓柯維安感到危險。

柯維安不明白，爲什麼另外三名狩妖士會用見鬼般的眼神看向黑令？但他很確定，白糸玄的欲線會突然生長，一定和黑令的舉止脫離不了關係。就算先前自己揭露了對方的可疑之處，白糸玄的反應都不若現在大……

「這麼說吧，狩妖士和神使不一樣，他們的武器主要是融合了靈力與符紙所產生。」范相思以旁觀者的姿態，用清脆的嗓音敘述著，「靈力越強，符紙化兵武的速度就越快，楊百罌和白糸玄都是佼佼者的代表。至於我，雖然不擅符術，不過我是天才，所以自備武器也沒差囉。大致就是這樣，別忘了給解說費哪。」

由於手腕被扣著不能動，范相思乾脆抬高一隻腳晃晃。

柯維安直接忽略了范相思的最後一句，他瞪著黑令的手，再瞪著黑令的武器。他很確定方才那瞬間，對方連符紙都沒有抽出來，旋刃便自動成形。

假如狩妖士的武器要靠符與靈力加乘，就連楊百罌和白糸玄也必須憑藉這方式，那麼完全不需要的黑令不就……

「我靠！眞假？我知道你靈力強，但居然還勝過班代嗎？」柯維安一爆出驚呼，就知道自己挑錯時機了。他忙不迭地摀住嘴，雙眼驚恐地朝黑令直打暗示，拜託他無論如何都別說話，以免無意識地火上加油。

黑令沒有違背柯維安的期望，他沒說話，可卻笑了。

「呵。」

那一聲又低又緩，但就像最尖利的刺，毫不客氣地戳進白糸玄等人心裡。

曾以爲只是個廢物的灰髮青年，如今卻連符紙也不用，直接靠靈力便能凝聚出武器，無疑是在宣示著他的實力究竟有多強。

「但……但這三年來，誰也沒見過黑令展現力量啊！」小陸尖聲大叫，顧不得尾音分岔，「所以大家不是都說他的靈力衰……」

小陸猛地卡住了聲音，似乎發現一個盲點。

大家都說黑令的靈力減弱，從天才變成廢物，才會連一次任務也沒參與。但同時，大家也沒見過黑令使用力量，誰都沒有。

於是黑令變廢物的傳聞自然而然地出現了，於是在不知不覺中，傳聞變成了公認的事實。

小伍顯然也想到這點，長戟登時從掌間脫滑，「砰」地掉落在地。他下意識轉向白糸玄，聲音顫抖，「師兄……」

白糸玄沒有回應，他像沒聽見似地。然而他的表情卻以或許連他自己也不自知的方式，可怕地扭曲著。

他聽不見其他人的聲音，他耳邊迴盪著那句像是不會停止的索然無味嗓音。

「……無聊透了。」

那是他不想正視的污點。

他身為符家大弟子，身上被寄予無數厚望，每個人都認為他如此優秀，他也以此自豪，深信沒什麼阻礙可以打敗他。

可就在三年前的狩妖士比試上，眾目睽睽下，他敗給了初次參加的黑令，敗得無比淒慘。

他連對方何時出手的都不知道，而讓他陷入難堪境地的那人，卻絲毫不把一切放在眼裡，頭也不回地轉身就走，宛如這只不過是場無聊又幼稚的遊戲。

他明明那麼努力、也有著實力，但這些在黑令面前，卻輕易就被對方踐踏了。

可是，幸好過不了多久，就傳出黑令的靈力大幅衰減，曾經的天才淪爲廢物的消息。

他以爲自己再也不會再面對那份抹滅不去的屈辱和挫敗，但此時此刻，三年前的那一切像洪水般猛然湧來，將他吞得一點也不剩。

黑令從來不曾失去過力量。

「你是故意耍弄人……你他媽的是看著我們出醜爲樂嗎！」白糸玄猛地咆哮，曾經的菁英儀態終究碎裂得不復存在。

*求別回答也別笑！*柯維安在心裡大吼著。

黑令沒回答也沒再笑，淺灰的眼珠瞥視了白糸玄的方向又移開，彷彿連正視也不願意。

這沉默的姿態，竟比出聲嘲諷還要諷刺。

「黑令！」白糸玄暴吼，最後一絲理智消失了。他抽出符，轉化成鋒利的鋸齒盾牌，想也不想就飛衝出去。

他不知道自己的欲線就像獲得了足夠養分，長度一口氣暴增；他不知道八金忽然爆出了尖銳的啼叫。

「嘎啊！那個水藍藍在融化、在爛掉了啊！」

毫無聲息的藍髮少女快速地消融，不單是髮絲和裙襬邊緣，整具身子都在泛黑崩解，像是一灘越擴越大片的水窪。混著四周腐爛的紫藤花葉，一晃眼就像爛泥般融成一片漆黑，再被路面全數吸收。

「哎……呵……」

氣若游絲的咯笑冷不防地飄落於山路間，然後那道幽細的嗓音又響起。

「都是分身……現在，才是本尊。」

那嗓音貼得白糸玄如此之近，近到他微一轉動眼角，就見到一張蒼白的臉和一雙猩紅如血的眼瞳。

水瀾緊緊貼靠在白糸玄背後，長長的水色髮絲像蛛網般纏繞在他的手臂、身上。

她說：「一直在等你、一直在等你，符家的大弟子……你不知道自己的欲望氣味有多濃嗎？你的欲線出現了那麼多次，可是總是一下又消失。你在慶幸著那人沒有實力再勝過你，再壓過你的光環，你慶幸著……於是失去平衡的欲望又平衡了。」

水瀾咯咯笑起，她的笑聲融合著細弱與粗啞，像是不同的人在說話。

「哎呀，你的味道聞起來比我的宿主更美味些，但我也不會放棄我的宿主哪。你猜你猜，在沒有辦法捨棄我宿主的情況下，我要怎樣才能不浪費如此美味的欲望？符陣是擋不住我等的。渴望、願望、希望……」

紅眼的水藍色少女發狂大笑。

「通通都是欲望！都是我等要吞吃殆盡的欲望！我的同胞啊——」

水瀾蒼白的手指猝不及防地扳住了白糸玄的臉，讓他的雙眼無法轉移，只能直視前方，直視著倏然竄冒出黑影的前方。

白糸玄駭然瞠大眼，動彈不得。

那是發生在轉瞬間的事，然而烙印在他的眼中，卻好像慢動作一格格地播放。

黑影像塊柔軟布料般捲出人形，像裹著黑斗篷，臉孔處只見兩團猩紅光芒閃動。它一下便竄到他身前，本來龐大的形狀縮細，越縮越細。

「……我等，是什麼？」水瀾輕柔地低語，髮絲和手指剎那間全抽走。

白糸玄僵直原地，眼睜睜看著黑線在自己心口外只剩半截。

而最後，那半截也「咻」地全數鑽了進去。

小伍、小陸全身都在發抖。

他們是狩妖士，看不見人的欲線到底是長怎樣。可是就在剛剛，他們看見了別種東西。有著紅眼，像裹著黑斗篷的人形物體。

如同前一日，他們在水中藤身上看見的一樣。

那人形物體最後細得就像一條黑線，徹底鑽入了白糸玄的體內。

他們不可能不知道那代表著什麼，比起前一刻見到黑令展露實力的不敢置信，這一刻湧上的恐懼就像浪濤一樣，將其餘情緒吃得一乾二淨。

「師、師兄……」小伍鼓起勇氣，結結巴巴地喊了一聲，隨後只見到原本僵直不動的白糸玄動了。

可是小伍和小陸還寧願對方乾脆別動。

因爲白糸玄僅僅是扭過了整顆頭，脖子呈現詭異的角度，該是黝黑的眼珠卻被可怕的血紅佔領。

那血紅像液體般擴散，一下子就把眼睛染得全部通紅。

「瘴……」彷彿有另一個人藉著白糸玄的身體說話，「我等……是吃盡欲望的瘴啊！」

「呀啊啊啊啊啊啊啊！」

咆吼聲與慘叫聲幾乎同時在信四坑隧道爆開。

小伍和小陸連滾帶爬，滿臉驚恐地往遠處跑。

被瘴異入侵的白糸玄沒有追，他舉起一隻手臂，在脖子扭成詭異角度的情況下，手指比向了柯維安等人的方向。

他咧出扭曲的笑容，「喂，要被帶走了喔。」

被帶走？什麼東西被帶走？柯維安心裡不安地一跳。

「笨蛋鬈毛，後面啊！」范相思變了神情，緊張地大吼。

柯維安駭然，手中抓著瞬間成形的毛筆霍然轉身。

但是，已經來不及了。

從白糸玄背後消失的水瀾就蹲坐在一刻身邊，她的半邊臉就像用腐爛的紫藤花組成，說有多駭人就有多駭人，淡紫色的嘴唇彎起了天真的弧度。

「朋友……我的……」

隨著話語像水花飄散，水瀾的身下也在瞬間展開一片黑色水泊，將她與失去意識的一刻一併吞沒下去。

「小白！」柯維安極力伸出的手臂什麼也來不及抓到，他的同伴就這樣在他眼前消失了。

柯維安只覺腦海一片空白，毛筆滾出他的抓握，雙腳無來由地一陣乏力，差點就要一屁股跌坐下去。

「沒空讓你坐，妖力，很強。」黑令迅速抓住柯維安的胳膊，「得叫醒另一個……」

「黑令說得沒錯！柯維安，快把蔚家小子弄醒，否則我們就等著全被炸飛！」范相思從另一端大叫，她動了動仍掙脫不開的雙腕，咂了下舌，「小伍、小陸也快幫我解開，動作快！」

腦袋裡盡是渾噩的兩名少年反射性地照做了。

對於不擅符術的范相思來說，或許是項棘手的工作，但對他們而言，要破解那三道由符紙化成的鎖銬並不是難事。

一獲得自由，范相思俐落跳起，也沒瞧清她的動作，一晃眼已出現在蔚商白身旁。

「動作粗魯點可不能怪我了。」范相思說，「我也只是現學現賣。」

「等等，范相思！」柯維安回神急喊，「妳不能像我師父直接踹人的……」

在那道未竟的叫喊聲中，范相思已迅雷不及掩耳地揪住蔚商白的衣領，額頭簡單粗暴地朝著對方的撞了上去。

蔚商白閉闔的眼猛地睜開，從茫然到清醒只是剎那間，烙著碧紋的長劍劍鋒猝然抵上了面前與自己靠得極近的短髮少女。

「我可以叫醒另一個。」黑令這時才將話說完整。

范相思也不在意，無視緊貼皮膚的劍鋒，她鬆開手：「一，我不是敵人。二，宮一刻被水瀾綁去當好朋友了。三，這裡還有隻瘴異，它完全融合造成的氣流，估計能吹飛我們。有其他問題之後再問吧。」

蔚商白長劍消隱，越過范相思，他也望見白糸玄周身都滾湧起烏黑的氣流，那雙猩紅的眼珠足以說明眼下事態。

而當他望見信四坑隧道下方居然又冒出一雙雙亮起光芒的眼睛時，饒是修養良好的蔚商白，也破天荒地罵了聲「操」。

那是一隻隻的綿羊玩偶，用後腳站立，有著大眼睛和長睫毛。

照理說應該是模樣討喜，然而在路燈的照耀下，它們潔白蓬鬆的身軀上卻爬繞著一條條黑紋，有如黑色的水流裹覆住它們不放。

「咩。」

「咩咩咩。」

「咩咩咩咩咩咩咩咩咩咩。」

「咩咩咩咩咩咩咩咩咩咩咩咩咩咩。」

綿羊玩偶不停地咩咩叫，不停地從下方逼近。

「靠，不是吧……」柯維安呻吟，徹底體會到什麼叫屋漏偏逢連夜雨。他猛地重拍下臉，然後當機立斷地大喊，「往上跑！」

就算柯維安不這麼喊，所有人也都會這麼做。

因為白糸玄身周的黑氣剎那停滯、再炸裂，與綿羊玩偶從咩咩叫變成嘶吼、雙腳加速，可以說是同時發生的事。

柯維安撈起八金和戊己，一股腦扔進包包裡。他蒼白著臉，飛也似地和眾人往前跑。

小伍和小陸的速度慢人一拍，是范相思各一掌大力拍上他們的背，兩人才一個激靈，回過神狂奔。

猛烈的氣流像潮水般自後湧上，即使一票神使和狩妖士的速度飛快，仍被掃撞上了背，頓時真如范相思所說般被吹飛了出去。

但畢竟都經過訓練，眾人落地時仍穩住了身勢，就連柯維安這回也沒有摔跌得七葷八素。

「這裡路窄了，到繁大裡面去！」范相思抓著摺扇揮開，果決地下達指示，「不管是水瀾或白糸玄，他們都會追過來的。這裡的大型符陣剛好成了牢籠，瘴異入侵得進來，但有了宿主的它們可就出不去了。」

「嘎！為什麼本大爺要聽妳的指揮？妳可是抓走甲乙他們的反派角色！」八金從柯維安的包包裡使勁探出腦袋。

「蠢八金，因為連柯維安都得聽我的哪。」范相思的貓兒眼彎成狡猾的彎月狀。

柯維安知道黑令對此不會有疑問，對方應該完全沒興趣在意。可是蔚商白一定會有，因此他飛速朝蔚商白點點頭。

「聽她的，是我們這邊的人沒錯。」柯維安說，「小可的哥哥，帳密其實是拼音，漢語拼音。」

蔚商白眼中立即如柯維安預料到地掠過了恍然。

「等等，什麼玩意的拼音？」小伍彎著腰，按著膝蓋，邊喘氣邊問。

「對啊，到底是怎麼回事？」小陸也在喘氣。他和小伍先前在工業區可是著實挨了一頓攻擊，他們的身體實際上多處都還在隱隱作痛。

小陸緊張地瞥著下方，就怕遭到瘴異入侵的白糸玄會無預警出現。那種親眼看著認識的人被入侵的感覺，實在太可怕了……尤其當自己被那雙血紅眼瞳盯住的時候，腦海裡似乎只剩下鮮明的四個字——

毛骨悚然。

信四坑隧道的下方轉角剛好沒有路燈照射，看起來很昏暗，不過也沒有人影倏然冒出。小陸暫時鬆了口氣，同時再也憋不住滿肚子的疑問、不滿，以及被矇騙的憤怒。他呼吸轉得稍微平順後，驟然拔高了聲音大叫起來。

「這見鬼的到底是怎麼回事啊！范相思，妳現在就給我們說清楚！妳居然是公會那邊的間諜？但妳明明就是狩妖士！妳還騙了我們和師兄，而且妳不是和那些神使也打起來過？難道全都是作戲給我們看？難道那些神使也是故意配合妳？馬的……簡直無恥，妳這樣不就是吃……吃那個什麼外的！」

本大爺才沒配合過！八金本來想反駁，嘴巴卻被柯維安一把握住。

「是吃裡扒外，教授成語我也要收錢的。至於你說的無恥，這時候該這麼回答吧？」也不知道范相思是怎麼出手的，閉攏的摺扇下一秒抵在小陸的下巴上，「無恥你妹。除了柯維安後來認出我是誰外，其他人不曉得我的身分。我可都是實打實地和人ＰＫ，沒放過水的。」

「既……既然如此……」不顧小伍在旁使眼色，要他別挑在這種隨時要命的時刻追問，小陸硬著一口氣，逞強地嚷道：「妳一定是暗中一直在和那個柯什麼安的聯絡！把我們的攻擊招式都告訴他們了對不對！」

「又錯。」范相思嘖嘖地搖頭，「第一，一直暗中聯絡這點，嗯，那時我還算你們的同夥嘛，聯絡的人是白糸玄。第二，白糸玄的鳥可是把監視做得滴水不漏，當然我本來也不打算讓他們插手，自己來可是樂趣多。第三，被打敗是你們遜。最後，我就只給了那麼一次消息，我只給了他們我的臉書帳密。」

「不可能！如果只有這樣……爲什麼那個鬈毛神使有辦法配合得那麼徹底？」就連小伍也忍不住失聲吼道。

范相思抽走摺扇，「唰」地打開，單手扠在腰間。

「因爲帳密嘛，那就是我給他的暗示了。」

短髮少女笑得狡猾。

「bieshuochu woshishei，這的確不是什麼單字，它們只是拼音，『別說出我是誰』的漢語拼音。回答結束，換我問你們，你們現在有聽見什麼聲音嗎？」

小伍、小陸下意識面面相覷，眼內閃過迷茫。可是很快地，他們的臉色都青了。

咩咩叫聲，還有腳蹄踩在路面的聲音。

瘴異尚未出現，受到操控的綿羊玩偶軍團已經先追過來了。

第九章

繁星大學是所位在山間的學校，雖然因爲地理位置曾被他校的人開玩笑說，繁星大學學生其實是騎山豬上下學的，但校園裡可眞沒出現過什麼動物大軍。

這裡畢竟是所學校，而不是動物園。

不過就在今夜，不論是不是繁大的學生，有那麼一票人倒是眞體會到被動物大軍追著跑的滋味。

「咩。」

「咩咩咩咩。」

「咩咩咩咩咩咩咩。」

此起彼落的咩叫聲就像浪潮一波波地湧來，而聲音源頭的綿羊軍團就像見著紅布的鬥牛，一路狂追著前頭的六人不放。

更正確來說，那還不是眞的綿羊，而是用後腳直立的綿羊玩偶。大眼睛、長睫毛，只是本該討喜的外貌，如今卻因纏附在身上的黑水紋路遭受破壞，看起來多了幾分嚇人的猙獰。

那同時也是它們被操控的證據。

「嘎啊！要追來了、要追來了！咩咩君要追來了啊！」不時在途中拔起的淒厲尖叫，更增添了夜間的驚悚氣氛。

空蕩的校園道路上，只見六條或高或矮的人影快速奔跑，後頭是緊追不放的綿羊玩偶軍團，形成一幅詭異又超現實的景象。

也多虧了柯維安之前布下的神使專用結界，才使得這景象沒有落入一般人眼中。

雖說正逢暑假，但要一間大學內完全沒有人在是不可能的事。

先不論宿舍裡那些申請暑期住宿的學生，緊鄰宿舍區旁的便利商店就是二十四小時都有人值班。

「嘎！柯維安你再跑快點！本大爺的性命都繫在你手上呀！」尖銳的大叫再次劃破黑夜，待在柯維安背包裡的八金緊張地盯著後方的綿羊玩偶，看見彼此距離越拉越近，牠也越緊張。

要不是礙於自己得專心在奔跑上，柯維安眞想用力掐住八金的嘴。在這種緊要時刻，他一點也不想要有鳥在耳邊實況轉播，增加本來就爆表的緊張感。

身爲繁大的學生，熟悉地理環境的柯維安自然攬下了帶領的責任。他們一路從後校門上來，經過了操場、宿舍，眼看就要來到圖書館前方，而身後還是甩脫不掉的咩咩君。

柯維安急促地喘口氣，不停歇地直衝讓他有些快緩不過氣。他有爆發力沒錯，可也只是短程的，時間一長便後繼無力，偏偏向來最依賴的白髮男孩不在身邊。

我們會把小白找回來的，絕對！柯維安在心裡對自己堅定地說。

柯維安飛快瞄了眼其他人，黑令、蔚商白和范相思看起來體力好得驚人，臉不紅、氣不喘的；小伍、小陸則似乎因爲受到先前戰鬥的影響，開始有些上氣不接下氣。

「我們該死的到底要跑去哪啊！」小陸跑得心頭火起，不滿地扯著嗓子高喊，「你們他媽的只會跑嗎！」

「還說是神使，結果也拿不出什麼辦法啊……」小伍不敢明目張膽地喊出來，但也忍不住暗中嘀咕。

柯維安當然聽見了這話，他咂下舌。依他的性子，是不會像一刻直接凶暴地吼一聲回去，瞬間有效震住場面，但他也不是不反擊的人。只不過在他開口前，有人先行一步說出口了。

「有人要你們跟著我們跑嗎？你們是我們這邊的嗎？搞不清楚狀況也要有個限度。」

那是一道平淡的嗓音，可落入他人耳中卻能感受一股冷颼颼的寒意。

尤其是小伍和小陸的感受最甚，他們看見那名身高僅差黑令一點的青年瞥視而來一眼，鏡片後的眼瞳森冷得讓人控制不住想要打顫。

兩名少年瞬間噤聲，不敢再有所抱怨。

因爲蔚商白並沒說錯，他們其實還是其他人的敵人，人家根本沒義務連他們一起保護。

「蔚家小子不錯嘛，不愧是以前當過糾察隊大隊長的人。」一旁望見這幕的范相思吹了聲口哨，即使後頭有一大票異變的綿羊玩偶追著，她顯然還有開玩笑的心情。不過下一秒，她的話鋒倏地一轉。

「柯維安，要是不行，可以提供公主抱喔，照分鐘計費就行。假使不是熟人，那可是掐秒計費的。」

「開什麼玩笑啊——」柯維安猛地轉過身，腳步跟著煞住，從背包裡抖出了八金、筆電，還有兩眼昏花的戊己。

面對逐漸逼近的玩偶軍團，柯維安毫不遲疑地打開筆電，在最短時間內自螢幕裡抽拉出一支染著金墨的巨大毛筆。

「人家的第一次公主抱——當然要獻給我家甜心！」

話聲還未落完，柯維安已經毛筆一揮，迅速俐落地在地面上畫出數抹耀眼的痕跡。眾多筆畫拼湊起來，剛好形成一個大大的「牆」字。

只見金光沖起，並且朝兩側飛也似地延伸再延伸。轉眼間，真如同地面上的金字一樣，一面幾乎貫穿半個校園的金色城牆，就這麼橫堵在綿羊玩偶與柯維安等人之間。

即使金牆的高度僅有一人高，卻已足夠擋下綿羊玩偶的進擊，使得它們撞得暈頭轉向。加上後方煞車不及，更是像骨牌效應般，一下子倒了一大片。

「喵，看了好痛……」戊己小小聲地說，還是與范相思保持了距離。就算對方表明也是神

使公會的人，然而牠沒忘記在綁架事件中，對方終究插了一手。

柯維安是何等精明的人，當然不會沒發覺到戊己的微妙態度，但他也沒多說。眼下情況來看，那稱不上什麼問題；況且，范相思之後會有辦法處理的。

柯維安靠著自己製造的金牆滑坐下來，大口喘著氣。

一道陰影從上頭罩下，柯維安下意識仰起頭，然後有絲惱怒地發現自己的頭還得仰得更高，才有辦法對上對方的眼。

「看在我辛苦的份上，麻煩彎腰或蹲下行嗎？」柯維安勾勾手指，感覺身後的牆傳來了震動。

有綿羊玩偶重新爬起，開始試著撞擊阻擋它們的障礙物。

黑令沒有照做，只是出示他撿起來的黑色筆電：「你的心肝，我幫你撿起來了，要幫你帶著嗎？」

「謝啦……雖然被你這樣一說，總有種我的心和肝真的掉出來的錯覺。」柯維安反射性摸著自己的心口，「趁現在緩口氣，不然被追到腦袋都快無法思考了。」

「喂，你有這招幹嘛不早點用？害我們跑得上氣不接下氣是搞屁啊！」小陸口氣不善地說。他不敢向蔚商白嗆聲，乾脆把憋著的氣出在柯維安身上。

「看你們跑得上氣不接下氣，我也不會覺得有趣好嗎？而且我跑得更喘。」柯維安指出重點，那雙大眼睛裡不掩飾地透露出「你們是白痴嗎」的訊息。

小伍、小陸的臉色一下青紅交錯。

「不早點用的原因，是為了把咩咩君們都引到學校裡吧。」范相思用閉攏的摺扇敲敲掌心，「免得躲得不見羊影後，要找回來可麻煩了。萬一有哪隻溜走或被人見到，那就是麻煩加上麻煩。不過你這牆只堵一邊，等我們離開，它們也會放棄追過來吧，到時還是會亂竄。」

「誰教我的本事比不上師父，沒辦法一口氣將它們全困住。到底是誰借那麼多隻咩咩君的啊……」柯維安搖搖晃晃地站起。

范相思說得沒錯，他們不可能一直待在這裡。還有兩隻瘴異要對付，到時四竄的綿羊玩偶又會是另一個問題。

對於柯維安的碎唸，蔚商白秉持著對認識不久的朋友用不著揭人底的態度，默不作聲。

可是，還是有人開口了。

「不就是你？」開口的是偶爾才會替話語做點修飾的黑令。而顯然這時候，並不是屬於他所謂「偶爾」。

柯維安立刻就像被嗆到般咳了幾聲，但平時早就習慣接受一刻不留情的吐槽，他馬上若無其事地轉開話題。

「總之，還是先想看看怎麼處理咩咩君……」

「我有辦法。」接話的居然是蔚商白，他冷不防地抓起八金，「你覺得那些不科學的羊長得怎樣？」

「嘎！問本大爺嗎？當然是短又醜不比本大爺的英俊啊！」八金不假思索地嚷道。

這一嚷，換來的是金牆後的綿羊玩偶瞬間都靜止了動作。每一隻都衝著八金的方向扭過頭，齊刷刷地盯著牠，然後大眼睛裡逐漸蓄冒出淚水。

八金僵住，後知後覺地意識到自己說了什麼，順道也意識到要是對咩咩君說出「禁忌字眼」的話，會有什麼後果。

「八金是笨蛋喵。」戊己用前掌搗住眼睛，不忍再看。

「要麻煩你了，就負責拉住它們吧。」這是蔚商白對八金說出的第二句話。下一秒，他毫不猶豫地將手中拎抓的黑烏鴉使勁擲飛過金牆。

簡直就像是種反射性的反應，所有裹著黑水花紋的綿羊玩偶立即追了出去，連綿不絕的咩叫聲霎時離柯維安等人越來越遠。

「哇喔……這樣也行？」柯維安不禁目瞪口呆，連他都沒有想到這個方法，他忍不住向蔚商白投予了敬佩的目光。

只是這目光沒有持續太久，幾乎在下瞬間，黑令低沉簡潔的兩字打斷了柯維安的注視。

「來了。」

緊接著，范相思的神情也是一變，隨性的態度盡數斂起。

她厲喝：「顧好自己，就算給我錢，本姑娘這次也沒空再顧其他人了！」

如果說黑令的兩字讓人感覺如墜五里霧，那麼范相思的這番喊話，馬上讓人意會過來要發生什麼事。

范相思的話聲才剛落下，說時遲、那時快，先前平靜的地面霍地一陣劇烈搖晃，就連橫越在大草原至宿舍區的金牆也跟著一起震晃。

「什……」小伍大驚，然後他的眼睛瞪得更大了。

路面隨著這陣搖動迸裂出一條條深且長的裂縫，彷彿地底深處有什麼在掙動，準備鑽冒出來。

當小伍心中剛閃過這念頭，他倒抽一口冷冽的空氣，觸目所及是裂縫中真的竄擁出一條條漆黑的長條物，像是糾結的樹根，像是纏繞的大蛇。

不管那是什麼，它們都迅速地展開攻擊了。

那不是曾見過的水中藤的攻擊方式，也就是說……

小伍驚惶地望著小陸，後者也是面色慘白。

是師兄！

這個名詞登時讓兩名狩妖士當場腦海一片空白，甚至忘記有所行動。

「觸手系就算了，那兩個還傻著是打算跟對方玩觸手撲累嗎！」柯維安忙著擋下襲向自己的黑色長條物已不可開交，偏偏還讓他撞見小伍、小陸呆傻的那一幕。

他咬了咬牙，在逼退其中一條觸手的空隙間，扯過黑令臂彎中的筆電，心一橫，狠狠朝勒纏上小伍、小陸的觸手砸去。

筆電螢幕不偏不倚地緊貼在深黑的表層上，瞬間便見白煙直冒，觸手宛若受到驚嚇，飛也似地抽離。

路面上的震晃還沒停止，只是震幅變小了，似乎一會兒後就會歸於平靜。

可是柯維安心裡有種不安，他覺得這現象反倒更像暴風雨前的寧靜。

而如此想的，顯然不止他一人。

「本體還沒出現。」蔚商白一腳踢開被他削下的黑色物體，雙劍轉瞬間帶出一片劍影，逼退了本將他作爲目標的數條觸手。他的肩上還掛著戊己，小白貓也在這場圍擊中努力地貢獻出自己的爪子。

「那麼本體會在哪呢？」范相思輕巧地在觸手上連連跳躍，也不知她是怎麼保持平衡的，硬是有辦法不被甩晃下來。她的摺扇在空中挽出朵朵扇花，鋒利的扇緣立刻使得空中掉墜下眾多黑色長條之物。

從高處往下望，范相思可以清楚見到這片大範圍地面被破壞成什麼德性，裂痕縱橫交錯地將草原、道路切割得凌亂。

那些從地底下出現的黑色觸手，大部分都像樹根盤結著，只有末端才竄出，在空中對他們進行攻擊。

也就是說……范相思彈下舌，心中算計著時間。

「妖氣，在下面匯集了。」黑令平淡的這句話，如同爲這話題做上結論。他的目光看向別處，手上的銀紫旋刃卻是同時往著截然不同的方向揮出。

刀尖毫不留情地直沒趁勢繞來的觸手體內，隨著再往旁一劃，瞬間又是一截黑色物墜下。

「雖然大家都心裡有數，但預防萬一……通通離開這地方！」柯維安吸氣大叫。

宛如被這聲音驚動，又或者正巧就是這個時間點，近趨平息的震晃在這刹那間赫然來勢洶洶地爆發出來。

比觸手更爲龐大的物體頂破了地面，草皮和柏油路大塊大塊地剝落下來。

假使不是柯維安等人撤退得快，恐怕他們也要跌進那黑黝的大面積裂縫中。

自地底下鑽冒出的是個龐然大物，猩紅色眼睛彷彿兩盞巨大的紅燈籠，在夜間搖曳著不祥的光芒。

小伍和小陸雖說是狩妖士，卻也是第一次目睹這麼巨大又駭人的妖怪。

它的體型幾乎逼近至圖書館三樓，而校園裡的圖書館往往又建造得比其他建築物還高大，因此它的身影輕易便能遮擋住部分夜空。

它的外表，乍看之下就像多種奇詭生物的聚合體。上身如披著黑羽的鳥禽，尾羽部分拖著那些粗大如黑蛇的觸手，下身則是猛獸的壯碩四足。

那是瘴異，同時也是被瘴異入侵、全然失去人形的白糸玄。

隨著瘴異完全現身，所有暗黑觸手末端竟是猝然亮起點點紅光。緊接著，紅光撐圓，像是小一號的燈籠。光滑的表面也撕開嘴巴，露出顯目的獠牙。

那紅光原來是眼睛；那觸手，原來眞是一條又一條的大蛇！

沒有絲毫預警，紅眼黑蛇猛地群起攻擊，像是疾速的箭矢，凶猛地朝地面上的人影張嘴就咬。

「跑！」也不知道是誰急急大喝。

所有人不假思索地立刻拉開與瘴異的距離。

不對，不是所有人。竟然有道身影反向跑了回去，簡直像要主動把自己送到那張開的血盆大口前！

「黑令！」柯維安不敢相信地大叫，反射性伸出的手卻連掠過的衣角都來不及抓住。

「黑令、黑令、黑令……」就算瘴異的意志取代了白糸玄，但後者針對黑令的忿恨、嫉妒、不滿，這些強烈的欲望如今更是整個膨脹到最高。

瘴異的紅眼淬亮起瘋狂的光芒，明明是鳥禽的頭部，依舊能做出滿懷惡意的表情。

「可恨的天才，徹底壓制我宿主的天才……他是多麼怨恨你，又害怕你，他無時無刻都在害怕你哪天力量回復，他的自大只是在掩飾他的自卑。可是可憐的他直到現在才知道……你從頭到尾都沒失去力量啊！」

瘴異巨大的身軀未動，然而尾羽部分的數隻黑蛇是齊齊鎖定了折返的黑令。

「對我來說都無所謂，你的靈力，強盛過自己同伴的靈力，就讓我吃掉吃掉吃掉！爲了我等唯一的甦醒——」

黑蛇的眼閃動血紅光芒，張開大口，露出嚇人的獠牙，迅雷不及掩耳地就要衝著已經落足在一塊掀起石塊上的黑令咬下。

可是黑令的速度更快，就見他一手銀紫旋刃飛速舞動出數道光弧，另一手自裂縫中拎撿起了什麼。

隨即幾個跳躍，眨眼就退出群蛇攻擊的範圍，順帶還削斬了那些想要將他當作盤中飧吞下肚的黑蛇頭顱，使它們沉重地砸落在地。

「不是，要跑？」黑令以不符合體型的輕巧，躍落到柯維安身邊，「還有，你的心肝？」

柯維安眞的鮮少嚐到啞口無言的滋味，可是這幾天內他已體會到數次，而且都還是同一人帶給他的。

看著被遞到自己眼前的黑色筆電，柯維安說不出心裡是什麼感覺。他抿了抿唇，隨後有些粗魯地接過筆電。

「謝了，還有別再做那種事，別再拿自己的命去做那種不重要的事！」柯維安的娃娃臉上快速閃過一絲扭曲，很快又消隱，他又像往昔一樣嗜嗜呼呼地嚷道：「快跑！」

稍微落後的兩人在下一剎那也趕上前方的同伴。

在後方地面崩毀嚴重，還有瘴異的追趕下，他們只能向前奔。

體型巨大的瘴異每一跨步便輕鬆地縮短間距，因此它就像抱著貓逗老鼠的心態，也不急著加速，時不時讓黑蛇撲咬上。

柯維安心裡清楚，再這樣窮耗下去，自己一定是第一個體力不支、拖累隊伍的人。更何況，水瀾甚至還未現身……

要是沒辦法確切抓準水瀾現身的時間，他們就還得分神時時提防。

了解水瀾的人……他唯一想到的，就是將帶回水瀾這項任務委託給他們的胡十炎。

柯維安立即掏出手機，一接通就急急高喊：「老大！要怎樣保證水瀾百分之百馬上露面？小白被她帶走了，我們正被另一隻瘴異追……繁大裡總共有兩隻瘴異啊！」

「既然在繁大，就把瘴異引到科院吧。」說話的人不是胡十炎，而是另一道斯文溫和的聲音，「那裡最近也積了不少污濁的氣，你們在那戰鬥，可以順便清一清。」

柯維安認得這聲音，所以他才愣住。他下意識把手機拿至眼前，確認螢幕上頭的確是胡十炎的名字，而不是安萬里。

這個小動作連帶也使得柯維安奔跑的速度慢了一拍，假使不是黑令及時扯過他，只怕他眞的要入了黑蛇的大嘴裡。

以爲十拿九穩的攻擊落空，瘴異大聲地咂下舌，它的聲音落下如滾滾響雷。黑蛇像是發洩情緒般擴大舞動身軀的範圍，坐落在旁側的管理學院牌樓首當其衝被砸成數大塊，乒乓墜落，地面似乎又晃震了下。

柯維安慶幸自己事先圍了結界，否則事後學校鐵定會掀起軒然大波。他轉頭用口形無聲地向黑令道謝，緊接著再向前方回過頭的范相思與蔚商白比了個往左的手勢。

科技學院，就在前頭左側！

「狐狸眼的，爲什麼是你？你不是去追星了嗎？」柯維安抓著手機繼續吼道。

「他追完回來了，就照他說的做。」手機裡又換了另一道聲音，這次眞的是胡十炎，「兩隻瘴異是怎麼回事？搞得定嗎？不行我派人過去。」

「原因之後再解釋。搞得定，我們這邊有范相思！」柯維安無暇說明太多，現在最重要的只有一件事，「老大，水瀾……」

「我不是給過你明示了，在公會。范相思不是去流浪了嗎？怎麼現在跟你們混在一塊？」

「這個也之後再解釋！」柯維安用這句話倉促作結，他收起手機，扯著嗓子喊，「引到科院的廣場去，左前大樓！」

跑在最前端的范相思和蔚商白二話不說，立刻將自己的兵器往後疾射了出去。

摺扇和碧劍勢如破竹地分別割掃和貫穿黑蛇。

蔚商白緊接再追加一劍，這次長劍瞄準了瘴異的肩胛。

就算和瘴異的體型相比，長劍簡直像針般細小。可是當烙有碧紋的劍身埋沒進去，可怕的灼燙和疼痛立時激怒了原本好整以暇的瘴異，包括那些受到挑釁攻擊的黑蛇。

沒想到就在這時候，又有兩道紅光直衝向瘴異臉面。鮮紅的火球炸裂，就算威力不大，但也帶來刺痛。

瘴異的紅眼掃向了出手的另兩人。

小伍、小陸面露驚慌，手中新抓的一把符紙頓時不敢再拋出。

一連串襲擊終於讓瘴異徹底憤怒了，它咆哮一聲，所有黑蛇也跟著吐出蛇信，凶猛威嚇。

柯維安幾乎想為范相思他們鼓掌，瞬間拉得一手好仇恨值，讓瘴異的腦子被怒火燒得一熱，想也不想地就追著他們往科院的廣場衝。

至於會說幾乎……

「你們好歹也等我們一併進去……靠！黑令你別在這時候火上加油了！」換柯維安大力拽住也想要補上一刀的黑令，拿出僅剩不多的體力，拚命跑進科院裡的大廣場。

那是一片被四棟大樓包夾在中間的空地，上頭整齊分割出幾個方塊，栽植草皮與矮樹叢當作景觀綠化。只不過這些樹叢在瘴異龐然的身軀擠進時，全被它踩得稀巴爛。

「小伍、小陸到一館和二館的頂樓去，你們的符咒適合遠程攻擊！」柯維安飛快下達指示，也不管對方和自己這方不是同夥，能派得上用場的戰力就要使用。

況且，那兩人對黑令並沒有那種非得爭個你死我活的過多自尊心。先前的那幾幕，更是嚇得他們連點欲線也冒不出來。

柯維安指著左右大樓，「時間沒到，樓梯的鐵門沒放下，快上去！」

「爲什麼我們得聽……」少年惱火的抱怨剎那間就因蔚商白的一記眼神噤了聲。

「上去。」蔚商白簡潔的兩字，卻散發著驚人的壓迫感。

小伍、小陸反射性地分頭行動，一下便消失在大樓裡。

「胡十炎告訴你什麼了嗎？」范相思的外套袖口居然又滑出一柄摺扇，也不知道她是怎麼藏的。

「讓水瀾百分之百現身的方法……」柯維安語氣複雜，「得流個血……」

柯維安的話都還沒說完，另一邊的黑令竟先有了動作。

「我靠！黑令！」柯維安終於氣急敗壞地蹦跳起來，看起來就像想把自己的包包砸上黑令的臉。

原因在於黑令乾脆俐落地割了自己掌心一刀，本來就有傷的位置登時血流得更多，立時染紅纏在上頭的繃帶。

「流了，然後？」黑令舉起鮮血淋漓的手，神情還是溫吞得提不起勁，彷彿不覺得痛，就連弄傷自己也沒有丁點猶豫。

「然後你個頭！要的是我流血，你他媽的說割就割，是不把命當一回事嗎？」柯維安扯出條手帕就想先替黑令包上，他沒想到黑令以一種平靜得近乎直率的語氣說：

「當一回事，很重要？」

黑令的眼珠總給人凌厲的感覺，可同時也能讓人一望就望見底，不會藏有複雜的心思。

柯維安愣住，范相思和蔚商白也流露一抹吃驚。

這段對話，是在極短的時間裡發生的。

而瘴異壓根不在意那些它腳邊的渺小人影在說什麼，它只在乎如何將這些擾人又惱人的可恨小蟲吃下肚。

首先，必須是黑令。

宿主膨脹到最大的欲望咆哮著：殺了他、殺了他，吃掉那個可恨的存在啊！

瘴異又是一聲如雷震耳的咆哮，身上披覆的黑羽跟著蓬起，然後就像一陣漆黑箭雨般隨同張牙舞爪的黑蛇，一塊逼向廣場上的四人一貓。

四人的武器都非防禦型，在迅速擋下一批箭雨後，立刻散開各找掩護。

柯維安靠著牆喘氣，想起胡十炎所謂的明示。

——水瀾喜歡娃娃臉、鬈髮、有雀斑的男孩子沒錯，但要是傷痕累累的娃娃臉、鬈髮有雀斑的男孩子，她就更喜歡啦。

這到底是怎樣扭曲的愛好？柯維安吐出一大口氣，不再遲疑地從包包取出筆電，一從裡面抽出毛筆，他當即讓筆尖轉爲堅硬，咬牙往自己臂上劃下一道。

鮮血滲出，汩汩沿著皮膚蜿蜒而下。

「拜託這招眞的要有用……否則血就白流了啊！」柯維安忍痛再衝出。

廣場在黑蛇和黑羽的蹂躪下，可說變得千瘡百孔，處處可見長長的黑色羽毛插立。

不過沒了黑羽的妨礙，那些亂舞的黑蛇對眾人來說反倒好攻擊多了。

其中范相思、蔚商白和黑令的速度尤其快，他們敏捷地閃過黑蛇，在間隙中跳躍遊走，旋即快步躍上黑蛇的身軀，竟是將之當成踏板了。

摺扇、碧劍和旋刃在空中帶出一片凌厲絢爛的光影。

其餘黑蛇想要襲咬，卻總是被逼迫在即將咬上時硬生生煞住；如果當眞咬下，就是連自己的同伴一併攻擊了。

幾番下來，群蛇的行動變得紊亂，不知所措了起來。

而就在下一瞬間，自上空落下的火焰箭矢無異更加添亂。

小伍和小陸的身影從一館、二館的頂樓冒出，從上撒下符紙。那樣的高度和距離使符紙看起來小得可以，可是飄晃幾下後，它們便「騰」地燃起火焰，形成一支支緋紅箭矢。

瘴異過大的身體成爲最顯眼的目標。

瘴異怒吼，一時之間無法攻擊范相思等人，因爲會連帶地誤傷自己，但它可以攻擊頂樓上那兩人！

覆有層層黑羽的翅膀揚起，它使勁地揮撞上一館和二館。瞬間，大樓外側凹塌，一部分外牆大塊大塊地剝落，水泥塊「磅」、「磅」地砸下，有幾處還裸露出暗色鋼筋。

幸好一、二館也都是佔地廣大的建築物，即便遭到瘴異這一擊破壞，也只是晃震了下。

不過頂樓上的小伍、小陸卻已受到莫大的驚嚇，原先還緊靠牆邊的身子飛快縮了回去。底下的人看不見，但他們兩人其實已然臉色發白、雙腳微軟，就怕瘴異眞的將建築物全拆了，逼得他們無路可退。

瘴異顯然就是要這麼做，它的翅膀又要猛地揮動，重重擊撞上受創的大樓，卻沒想到底下倏地傳出高喊。

「嘿！醜八怪！」

瘴異猩紅的眼珠轉動，下方卻不見聲音的主人，只見正與黑蛇纏鬥的三人，以及其中一人肩上的那隻貓。

另一個神使不見了？

在後面！

這兩個想法幾乎同時冒出來，瘴異大驚扭頭，那名鬈髮的娃娃臉神使居然不知何時穿越過竄擁的蛇群，跑到了它的後頭。

「幫你改變一下形象，不用感謝我了！」柯維安咧開笑，高舉起自己染著金墨的毛筆。下一秒，足尖一蹬，無視手臂上鮮血直流，他握著毛筆，凌空大力一筆畫下。

瘴異立即明白對方要做什麼，它的紅眼閃過不明顯的慌張，想要轉身躲開，但各具意志、正和三人纏鬥的黑蛇群反倒成了阻礙，使得龐大的身子無法在第一時間及時做出對應的行爲。

瘴異瞪大了眼，柯維安畫出的一筆金艷痕跡就像把刀，橫切過它的尾羽。

那裡，同時也是群蛇身軀匯集的根源。

隨著那一筆畫下，前一秒還在蠕動的黑闃大蛇，此時就像僵直的枯枝，紛紛掉落在地。

登時又是陣陣沉悶的聲響。

「你這可恨的——」瘴異嘶吼，身上羽毛再次蓬起，眼看就要疾射出新一波尖銳的黑雨。

只不過瘴異的吼聲中途便怪異地斷裂，像有什麼掐住了它的聲音。

瘴異有絲僵硬地又將頭扭回前方，它感覺到前肢傳來火燒的疼痛。它下意識想低頭，可是身子已先行一步往前傾倒，如同失去平衡般，前半段身子猛地向下滑墜。

假使瘴異的黑蛇沒有離體，那麼透過那一雙雙紅眼，它就會知道上一秒究竟發生了什麼。

——黑令和蔚商白將旋刃與長劍砍入了瘴異各一隻腳，飛速往前斜拉、迴轉切割，頓時硬生生將瘴異的腳掌給卸了下來。

失去前肢的支援，瘴異巨大的身子登時顯得有絲可笑。

瘴異眼裡出現了慌亂，特別是當它聽見又有一道聲音笑吟吟地說：「哈囉，另一隻腳也送我好嗎？拿去賣估計能大賺一筆呢。」

那聲音，范相思！

瘴異連低頭搜尋的工夫也省了，不假思索地身子一抖。霎時，高大的身軀竟然解體成數大塊，每一塊都像是縮小版的它，只是沒了充作尾羽的黑蛇。有的僅有單隻腳，有的甚至連腳都沒有，憑靠著翅膀拍動。

多隻小一號的瘴異朝著不同方向而去。

但其他人的動作也不慢，即刻鎖定離自己最近的作爲目標。

與此同時，自高處更是拋下了一張散發暗紅光芒的大網。大網急遽落下，兜蓋在其中一隻瘴異身上。

柯維安沒有放過這個機會，馬上上前不客氣地補上一筆。

當轉爲鋒利的筆尖刺入，伴隨一聲慘叫，網下頓剩一灘黑水。

柯維安飛快環視一圈，一、二、三、四、五，還有五隻瘴異。

似乎看準范相思的摺扇攻擊力差了蔚商白與黑令一截，兩隻瘴異虎視眈眈地逼圍著她。

柯維安想也不想地往那跑去，染著金墨的毛筆出其不意就要自後偷襲其中一隻。

或許是體力眞的耗損過大，那一擊失了準頭，柯維安也跟著踉蹌數步，反倒給對方反擊的機會。

危急之際，范相思的身影從那隻單足瘴異身下滑了出來。她一個鯉魚打挺躍起，伸直的腳重重踹踢往瘴異的下頜處，順勢再以一個後翻落地。

「柯維安，十點十分再拜託你了！」范相思手裡摺扇展開揮拍，一舉抬高了柯維安的毛筆，旋即那隻裹著亮色內搭的腳，迅雷不及掩耳地往筆桿頂端處大力踢出。

調整過軌道的巨大毛筆瞬間像一支箭矢，筆直貫穿那隻單足瘴異的身體。

於是又是一陣淒厲的嚎叫。

嚎叫聲中，范相思動作快速地再投入追捕第二隻瘴異的戰鬥中，留得柯維安站在原地，反射性思索著自己到底要不要幫忙。

不，能不能幫上忙還不知道。畢竟自己的戰鬥力和對方比起來還是小巫見大巫，范相思再怎麼說可都是……

柯維安的思緒忽地凝住，他僵直不動，卻並非決意在旁觀戰，而是……

柯維安屏住呼吸，轉動眼珠，從眼角餘光看見了一絲絲的水藍頭髮像蛛絲般自後探出，貼上了他的頸側、手臂及皮膚。

——胡十炎真的沒有騙自己。

這是柯維安此時唯一能擠出的想法。

第十章

趴在蔚商白肩上的戊己最快發現不對勁。

突然下降的溫度讓牠一顫，牠反射性扭頭，琥珀色的眼眸驚恐地瞪大。

「維安！」戊己尖叫。

那宛如幼童的尖高聲音，頓時引得眾人瞬間動作一滯。

瘴異們沒錯放這個空隙，也沒有忽視在另一端上演的景象。

鬈髮的娃娃臉男孩一動也不敢動，表情僵硬。在他身後，從半空垂落下縷縷水藍髮絲，只是那如漣漪般的末端泛著不祥的黑氣，像是活的黑色水波。

髮絲主人正懸浮於男孩後方，她的臉蛋蒼白，半邊像由腐爛的紫藤花瓣組成，嘴唇是淡紫色的，眼睛猩紅如血。

隱匿起來的水瀾現身了，冰冷的雙手自後捧住柯維安的臉。

帶著寒氣的指尖，讓柯維安有種臉頰要被凍傷的錯覺。

「我的同胞啊！」剩餘的四隻瘴異趁隙飛也似地奔竄向水瀾，「快和我一塊聯手！一同將這些可恨的——」

瘴異興奮的嘶吼中途突然遭人掐斷。

四隻外形略有差異的瘴異不敢置信地睜著血紅的眼，和水瀾同樣的閃著不祥光芒的眼瞳。

可是，那四雙眼此時多了驚悚。

不單是瘴異們，就連柯維安等人也難掩愕然。

滿是瘡痍的廣場地面，不知何時覆上了寒冰。

同樣染著一絲黑氣的寒冰從水瀾足下擴展出來，一路朝前延伸，無聲無息地來到四隻瘴異身下，並且往上凍覆，將它們的身軀在極短時間內冰凍住，只留頸部以上尚能活動。

柯維安一點也不認爲水瀾是在幫它們——在他身後的，可也是一隻貨眞價實的瘴異。

「哎……呵……」水瀾氣若游絲地吐出輕笑，隨後自她唇中溢出的是粗啞的嗓音。

「比起一塊聯手，我更喜歡一起吃掉吃掉吃掉！我的同胞，你忘了我等是什麼嗎？」

四雙猩紅的眼霍地收縮起瞳孔。

「欲望，所有美好的欲望……全數都吞吃得丁點也不剩的瘴啊！」

「我不會放棄我的宿主，妖可比人類好，但也不會浪費另一份欲望！既然如此，那就是留到最好的時機再吃！」

原來水瀾打算連同另一名瘴異都吸收！

紅眼的藍髮少女咯咯高笑，如漣漪的裙襬內湧冒出大量發黑的紫藤。它們交纏，像某種活物似地張開了嘴巴，眼看就要將另外四隻瘴異吞噬吸收。

偏偏范相思、黑令和蔚商白卻不能有所動作。他們都在水瀾的視野內，而柯維安在水瀾手中，只要稍一展現意圖，她立刻就可以扭下柯維安的腦袋。

就在這瞬間。

「天羅地網！」

猛地一把符紙從水瀾後方撒了出來，符紙上早書寫好符文。

水瀾被這殺出聲猛地一震，才剛扭頭，符紙已然成了張紅網，兜頭往她身上罩下。

柯維安反應迅速，搶得機會，毫不猶豫就是縮身脫開水瀾的箝制，改向自己的同伴奔去。

從一、二館跑出的小伍、小陸滿臉興奮，但就在他們要互相擊掌、慶祝自己偷襲成功的時候，他們臉上的興奮猛然凍住，成了驚恐的表情。

紅網的線條被寒冰飛快爬佔，由四周往中央集中。

「咿、咿……」少年們發出恐懼的叫聲。

心知不對的柯維安連忙看去，他倒抽一口氣，果斷大喊：「先滅了其他瘴異！」

然而在距離和速度上，還是水瀾的紫藤佔了上風，那些像是活物的紫藤猝不及防間將四隻鳥獸外表的瘴異一口吞下。

水瀾的紅眼流轉過不祥的異光，她的肩頭輕微聳動，接著轉為劇烈。

下個瞬間，鋪覆在地面的寒冰一口氣散開，旋即大量高聳冰刺從中往上衝出。

假使不是眾人閃躲得及時，只怕這一秒就要被刺穿在空中。

柯維安躲得最狼狽，在地面翻滾了幾圈，但很快就被一隻大掌拎起。

「謝……」柯維安下意識就要向對方道謝，可是一仰見黑令的臉，那句平靜的話語登時躍出腦海——「當一回事，很重要嗎？」——連帶的也讓嘴裡的第二個字嚥下。

不過黑令似乎不在意有沒有收到道謝，一下就放開了手。

柯維安馬上也將這事拋到腦後，飛快望向水瀾的方向。

吸收了另一名瘴異，水藍少女的外觀急遽發生改變，那些發黑的紫藤轉眼包覆住她，然後體積越來越大、越來越大。

當所有紫藤瞬間抽離，矗立在眾人眼前的，是一隻肖似先前瘴異的怪物。

有著鳥禽的上身、野獸的四爪，但那似鳥的頭顱有兩顆，中間則是連著屬於少女形態的上半身。少女擁有屬於水瀾的面貌，只不過該是水藍的髮絲如今染得闃黑，而尾羽的部分不是拖著黑蛇，而是宛如腐爛的長長紫藤。

「馬的，這下可能連本姑娘都要扛不住了……」范相思吐出一口氣，吞了同類和妖怪的瘴異可不是開玩笑的存在。「幸好之前有準備好計畫……小伍、小陸、戊己找地方躲好，別插手！黑令、蔚商白主攻！柯維安，快照我交代的！」

范相思全速衝了出去，在高亢的叫喊中，以在他人眼裡稱得上莽撞的方式大力躍起。

十點十分！

柯維安記起了這個關鍵字眼，記起了自己要做的事，掉落在一邊的毛筆瞬間成了光點回到他手中。

一握住凝成形的巨大毛筆，柯維安沒有多想，毫不猶豫便往高空畫出俐落一筆。

金艷的墨漬像把長刀般切開夜空，也切開了范相思高舉雙手間的空氣。

不對，不是空氣。

就在金墨切下的剎那，范相思雙腕之中同時浮現一副金色的鎖銬。

然後，斷裂。

躲在安全處的戊己震驚地張大眼，終於知道爲什麼范相思眞的是公會的一分子。

短髮少女未受內搭襪包覆的左腳上，瞬間攀繞上紫色的繁複花紋，從腳踝一路到大腿。

那是神紋。

范相思是……神使！

「幹！怎麼……」小伍和小陸被驚得呆若木雞。

與此同時，瘴異身上的少女半身也驀地張開猩紅的眼。

「就算再多一名神使又能怎樣？」這次迴盪在科院廣場上的聲音是單屬於瘴異的嘶啞，

「那個小紫藤的意識也被我消融了！接下來輪到那個被抓來的神使，就連他也等著被我吃掉吧！」

遍布的冰刺刹那間斷裂大半，四面八方朝飛身掠來的黑令與蔚商白而去。發黑的紫藤也動起，抽向了范相思和柯維安的方向。

「那麼再多幾名你覺得怎樣？他們可——凶暴得很啊！」范相思拋出摺扇，攀著紫紋的左腳猛地踩上地面，數道亮光自她腳下迸現，呈輻射狀沖起。

半空中的摺扇同時解體，每一截扇骨轉眼竟化成利劍。亮光裹住利劍，每把劍猛然拉長成巨大劍影，同樣朝著四面八方飛竄。有兩把攔下了紫藤，其餘數把全衝向天際。

隨即地面與夜空顯現出銀白光絲，那是白糸玄用來困住眾人的符陣。大型符陣被劍影破開。

就在光線隱沒的瞬間，兩抹身影疾如鬼魅般闖入了這處戰場。

他們身覆漆黑斗篷，臉戴白底紅紋的狐狸面具，外觀如出一轍，唯一的差異只在於身高。而他們手中持握的武器竟也一模一樣——烙著赤烈紅紋的長刀！

與他們飄忽的移動身形比較起來，這兩抹人影的攻擊方式是截然不同的強悍凶猛。瘴異還來不及反應，利光驟閃，它的兩邊翅膀赫然已被各卸了半截下來。

「啊……啊啊啊啊啊！」三顆頭顱爆出尖厲的吶喊，尤其居中的少女半身更是尖叫。

「殺了他們！吃了他們、吃了他們！吃掉那兩個礙事者啊！」

急轉直下的發展讓柯維安看傻了眼，更不用說躲在一旁的小伍、小陸和戊己。

黑令神情平淡，沒有因爲忽然多出了兩人，就分散面對襲來冰刺的注意力。

蔚商白的臉上則是掠過轉瞬即逝的瞭然，手上雙劍的攻勢更狠更凌厲，迅速縮短與瘴異之間的距離。

而四人中，還是要屬那兩抹後到的狐狸面具人影的進逼最爲咄咄逼人。他們的赤紋長刀有如火焰霸道席捲，大開大闔的攻擊每一下都在瘴異的身軀上留下深深的傷口。

「他在哪裡？」

「在哪裡？」

冷靜的聲音下彷彿蘊藏著烈火的女聲與男聲，幾乎是同時自狐狸面具後透出，若不細聽便如同只有一人在說話。

「他在哪裡！」

分不出是哪一道聲音在厲喊，兩抹狐狸面具人影踩踏上蔚商白瞬間擲甩出的長劍，借力蹬起，頓時竄入高空，逼近瘴異的頭。

「那個小神使嗎？我吃了他，他被我吃了！」少女臉龐扭曲，揮動著雙臂仰頭高嘯。

難以言喻的恐怖音波轉瞬向四周震盪，首當其衝的便是兩抹狐狸面具人影。他們像受到無形的猛烈撞擊，身子頓地失衡，從高空往下急墜。

「靠！」范相思變了臉色，左腳再一踩地，不過就在劍影似花瓣般在她腳下旋綻時，有人的動作快了一步。

「范相思，送我上去！」柯維安拖著毛筆往前疾跑，筆尖在地面掃出凌亂的金耀痕跡。當最後一筆收住，下墜的狐狸面具人影身下各閃現出金字組成的圖陣，穩穩接住兩人。

同一時間，范相思的劍影也飛出，就照柯維安期待地帶他上衝。

少女半身又想故技重施地放聲高嘯，然而一道銀紫光束冷不防自下方飛出。

黑令的旋刃中斷了瘴異的意圖。

柯維安把握住這機會，使勁自劍影上跳下，降落在少女半身面前。

「水瀾！」柯維安猛地一把抓住了少女的頭顱兩側。

小白此刻被瘴異呑噬帶走，必須要在眞的被吸收之前阻止對方。而唯一的辦法，就是讓水瀾的意識回來。她將小白當作「朋友」，她不會讓朋友消失的！

「水瀾，她不可能騙妳。那個人頑固，有時還不知變通，可是絕不會說謊、違背承諾！」

柯維安將前額抵上少女，雙眼強硬不退讓地望進那雙猩紅眼瞳，用盡力氣大聲高喊，「符邵音絕對不可能會騙妳——」

就在那聲高喊響徹上方的剎那，柯維安額前的神紋也閃現光芒。

光芒彷彿直衝少女腦海。

少女的紅瞳乍然收縮，耳邊好似只剩下一個名字。

邵音、邵音、符邵音。

曾承諾過要給她棲身之地，她■■的邵音……

「不對、不對，她騙我！」黑闃的髮絲一口氣化為水藍，仍是紅眼的少女神情扭曲又痛苦。她尖叫，雙臂扯開柯維安，重重地將他猛力推開。

「愚蠢、愚蠢！我的宿主，妳在動搖什麼？」另一道咆哮亦從淡紫色的嘴唇吼出，卻無可避免地洩露出一絲驚惶，「我差點就能吃了他，真正吃了那個神使啊！」

即使瘴異氣急敗壞地嘶吼，也無法阻止下身的崩融。

它的四足潰散成一片漆黑的泥沼，隨著周圍漣漪震散，不再是腐爛姿態的紫藤花，綻放。

□

一股強烈的震動讓一刻猛地睜開雙眼，一時有種不知自己身在何處的感覺。

他記得自己與蔚商白趕著去和柯維安他們會合，卻在信四坑隧道著了白糸玄的道。然後黑暗吞去他的意識，他感覺自己像是在不停地下沉、下沉……

無數陌生的畫面湧進他的腦海。

他看見一座水潭。

那裡初始是無人的荒涼，日復一日靜靜躺在密林中。接著有人出現了，那是一名年屆中年的女子，即使沒有太多的表情，仍能從臉上見到年輕時貌美的痕跡。

女子在水潭裡發現一株奇異的植物，起初她以爲是水草之類，之後隨著植物的生長，才認出原來是一株紫藤。

女子似乎特別喜歡紫藤花，每當花開時分便會頻繁地前來此處，冷淡的面容在凝視著花朵時，偶爾會露出一絲笑意。

這樣的習慣持續了多年，一開始只是靜坐在那，漸漸地女子會自言自語地對著紫藤花訴說什麼。

然後女子從中年步入老年，歲月在她身上留下痕跡，卻也不曾帶走與生俱來的那份風華和凜然。她還是會挑花開的季節獨自前來，她注意到紫藤花的花季越來越長，甚至當她坐在那時，藤枝會像安慰般地撫來。

終於有一天，當她再度前來，紫藤花前佇立了一抹人影。

那是一名一看就知道非人的少女，有著水藍的長髮、藍綠色的眼眸、淡紫色的嘴唇，髮絲和裙襬就像水波漣漪一圈圈盪漾開來，融入水潭中。

少女露出了天真爛漫又飽含孺慕之情的笑靨。

「邵……音……」

那是一刻第一次在那些畫面中聽見聲音，接下來就像觸動快轉的開關，畫面迅速流動，大量的聲音如潮水般淹來。

「邵音……不寂寞……」

「陪妳，我會一直陪妳……」

「我……重要的邵音……」

不止是水瀾的聲音，還有屬於另一人的，屬於「邵音」的聲音。

「妳也該有一個名字，紫藤花只是妳的眞身名稱。」

「妳是水中藤花，又有著水藍的頭髮，就叫水瀾吧，波瀾的『瀾』。」

一刻可以清楚聽見那些從四面八方漫來的對話，也能看見水瀾欣喜的笑意與女子溫柔的眼神。

接著畫面瞬間轉成黑暗，聲音也靜止，簡直就像播放器突然損壞一樣。

而當畫面再次流入一刻腦海時，卻是截然不同的發展局面。

寧靜的水潭被眾多人影包圍，他們面露緊張或是敵意，全都是針對著水中藤。所有聲音又消失了，彷彿在觀看一齣默劇。

再接著，有誰從人群中走出來，面無表情、眼神冷硬，曾經的溫柔宛如曇花一現。她舉起手，隨後，揮下。

瞬間，多人衝上前；瞬間，鋒利的大斧就像那隻潔白但皮膚枯皺的手，揚得高高。

再來是——

一刻沒有看到最後，突來的震動拉回了他的意識，可是他已經知道接下來會怎樣了。

那恐怕是水瀾的過去，那些人是符家人吧？而有辦法命令其他符家人的「邵音」，顯然地位不低，而且有可能也是符家的一分子。

既然如此，她過去又爲何……

一刻越想越覺得混亂，他看得出「邵音」曾有的溫柔不是僞裝，但同時也是她要人砍伐水中藤、讓水瀾失去了棲身之所。

一刻直覺中間忽然出現的黑暗，或許就是造成事情如此發展的關鍵。他想弄個明白，但眼下還有件重要的事也得弄個明白。

自己在哪裡？身上又發生了什麼事？其他人呢？

一刻撫著還有些昏沉沉的腦袋，環視一圈所在之處。他像是身處昏暗的水中，隱約能見到自己的手指。不過奇異的是，他還能呼吸。

也就是說，自己被拖到某個空間來了嗎？

當這想法一浮出，緊接而來的就是「水瀾」這名字。

如果不是那名被瘴異寄附的少女的空間，他又怎麼可能看得到和聽得到那些東西？

隨著答案愈發肯定，一刻心中也逐漸鎮定下來。畢竟和被拖進某人的空間相比，他以前還曾被瘴給吞進去過。

——一刻不知道，這次他其實還是被吞進瘴異的體內了。

倏地，一刻注意到遠方像是有微弱的光源閃動。

沒有太多遲疑，一刻立即往那方向游去，一會兒便已近得能看見光源本體。

一刻想看得更清楚，下意識拿出手機。在這奇異的水空間裡，手機居然還能使用。

螢幕乍一亮起，一刻頓時發現有著新訊息的通知。他在昏迷前很確定沒有這玩意，那麼一定是昏過去的時候收到的。

一刻想也不想地點開，他瞳孔驟然收縮，臉上的神情變換多次，最後露出瞭然又有絲凶狠的笑。

「原來……」一刻無意識地吐出這兩字，很快再次集中精神，將手機往前一送，冷光照出物體的輪廓。

那赫然是被眾多青色絲線密密包纏住的小巧球體，從絲線間隙後側正透出一閃一閃的微弱光芒。要是不仔細察看，定是難以發覺。

這是什麼？一刻伸出手，然而五指還未觸上，就傳來扎刺般的疼痛，像拒絕他人的碰觸。

一刻並不是會被疼痛嚇退的人，他覺得這東西一定很重要，尤其在光芒閃動、一串氣泡被吐出來的刹那間，他同時聽到了幽微的呢喃。

卲音……

氣若游絲的嗓音一下子就消失了，但那確實是水瀾的呢喃聲。

一刻眼中閃過利光，毫不猶豫地再伸出手，左手無名指上橘紋閃動。

這次，就在他的指尖再度靠近之際，刺痛依舊傳來，甚至更爲劇烈，像是卯足了力氣抵抗。然而無名指上的橘紋也跟著迸出更加耀眼的光輝，連帶地消滅掉不少刺痛。

無視手指上的痛感，一刻猛然大力抓握住那顆球體。

瞬間青絲盡斷，彷彿有誰的尖叫跟著散溢出來。

一刻張大眼，映入眼底的不再是顆圓球，竟是一串玲瓏的紫藤花。

當熾烈的白光從紫藤花中迸裂，許許多多的聲音一口氣衝向了一刻。

「這裡不是妳久待之地，水瀾。」

「我會給妳新的棲身之地、新的家。」

「其他人已經察覺到這地方了，這裡的水池靈氣太重。」

「不想離開……邵音，不離開妳……」

「妳要離開，一定要，妳會有新的家。我也會，去看妳。」

「不騙人……眞的？」

「不會騙妳，妳……就像我的孩子，水瀾。」

「那些煩人的兔崽子還是發現了。明天、明晚，水瀾，不要相信我說的任何一句話。」

「我會忍耐，我知道……邵音要做假象……」

「邵音……一直都相信妳……」

最後，白光將一刻整個人吞沒了。

第十一章

科院的大廣場如今已是面目全非，甚至連兩側的一館、二館外牆也被毀壞大半，看得見內部切面。

而廣場地面上，除了先前黑蛇撞擊得處處凹陷，此刻更是被一片漆黑的泥沼覆蓋，泥沼中赫然伸展出盛綻的紫藤花。

串串的紫藤花瓣就像風鈴般垂吊，上頭不再有腐爛發黑的痕跡，與底下的污黑儼然成了強烈的對比。

柯維安甩甩暈眩的腦袋，他被推下來後並沒有眞的掉墜在地板上，有人及時拎住他，將他帶往安全的地方。

「幸好沒跌斷骨頭哪，柯維安小子。」調笑的清脆嗓音落下。

柯維安一抬頭就見范相思笑吟吟地望著他，不過救他的人不是范相思。

柯維安只是有些暈，沒連意識都混亂。他瞄了一眼身側的陰影，內心暗地咋舌，這下人情還眞的欠到要還不清了。

「……謝了，黑令。」柯維安爬起來，環視眼下的情況。

他們三人站在一館、二館被擊落的外牆殘骸上，巨大的水泥塊在黑水中有如座座孤島。

蔚商白與那兩抹狐狸面具人影也在另一座「孤島」上，小伍、小陸還有戊己，則是待在大樓內的樓梯間。

廣場中央的瘴異就算崩融四肢，體型仍然龐大。中間的少女半身停止了尖嘯，她摀著臉，肩頭不停發顫，彷彿在極力抗拒著什麼。

「別小看我的反應能力，我可是能在空中轉三圈還發簡訊的男人啊。」柯維安瞇起了眼，沒有立刻再衝出攻擊，他的體力也沒辦法讓他那麼做，更何況……「范相思，妳找的幫手？」

「哎呀，那當然。你以爲我會什麼都沒準備嗎？雖然眞沒料到符陣，險些幫手就幫不了手了。」范相思的手中又是一把嶄新的摺扇，她用扇子敲敲掌心，「瘴異看來要陷入混亂了。別插手，看我們表演吧，就是——現在！」

范相思狡猾笑容轉成獰笑的剎那，她左腳再度大力踩踏，手中摺扇猛地往前揮指，數道碩長劍影轉眼成形，飛也似地疾衝廣場中央的瘴異。

瘴異身上的少女半身停止顫抖，旋即像水花碎濺，剩下的兩顆鳥禽頭顱咆哮，紅眼凶暴。

「沒有用的宿主！乖乖地睡下，別妨礙我！」

瘴異縱使下身成了泥沼，還是能迅速活動。它拖濺起大量黑色水花，閃避過劍影。其中一道閃躲不及，當劍影割劃身軀，卻沒有一絲疼痛，似乎那只是虛張聲勢的幻影。

「原來是隻紙老虎嗎？」瘴異大笑。

沒想到范相思卻是氣定神閒地揮揮扇子：「本姑娘有說我是表演主力嗎？我那麼貴，你看不起唷。」

「明明只是力量沒回復完的緣故吧？」

「囉嗦，拿扇子塞你的嘴喔。」

瘴異自是沒有聽見范相思與柯維安的彼此吐槽，它的注意力全被第一句話攫去。

她不是主力，那麼——！

瘴異猛地想起另一端的三人，它大驚轉頭，四隻眼睛同時駭然瞠大。

兩抹狐狸面具人影和另一名高個子青年猝然間已然進逼，他們速度快得驚人，猶如先前的纏鬥未耗損掉他們的體力。

但眼尖的人一看就會發覺，蔚商白的速度還是慢上另外兩人些許。畢竟再怎麼說，他才剛經歷連番戰鬥。

瘴異自然不會錯放這點，它發出接近鳥類的尖銳啼叫，身上黑羽蓬起，轉瞬如箭雨射出。

「我靠！」即使體力再不濟，柯維安還是眼明手快地抓住毛筆，狠狠往空中一氣呵成畫下金耀痕跡。

曾出現過的金字圖陣再次閃現，這次是浮在蔚商白等人的頭頂上，形成擋護的盾牌。

黑羽紛紛自高處急墜而下，再沉沒入泥沼裡。

就在這個空檔，三道身影迅雷不及掩耳地躍爬上瘴異的身軀。

「別想得逞！去死去死，都去死吧！」瘴異的翅膀斷口處赫然鑽湧出成束的藤枝，它們像有意識般瘋狂尋找身上的入侵者。

蔚商白當機立斷，立刻將雙劍大力插進瘴異體內。

疼痛馬上引來了藤枝的追擊，它們張牙舞爪，如同活物。

蔚商白倏地瞥見下方泥沼竟有一點白光閃動，以及——一絲與自己相似的氣味。純淨的水的氣味。

蔚商白突然笑了，「表演主力，可也不是我。」

這句話說得極輕，基本上只有蔚商白聽見。

可就在下一秒，瘴異的注意力都放在蔚商白身上，或者說由蔚商白製造出的傷口上。

因爲蔚商白猝然間往下一跳，且雙手握著劍柄，頓時在重力加速度下，馬上一路往下割出又深又長的切口。

「啊啊啊！」加劇的疼痛讓瘴異的紅眼更加瘋狂，它想找出那抹可恨的身影，想要將他碎屍萬段。

瘴異看見蔚商白一踩上可供立足的石塊，又是飛快地往下滑鏟，直逼黑水泥沼邊。

下一剎那，那名青年毫不猶豫地往下探出手，直沒水裡。

瘴異張大眼。

該是漆黑的底處竟湧冒出白色光點，光點越冒越多，轉眼成了大片光芒。

蔚商白使勁往上拽扯，掌心間多了一隻手掌握住，隨後是另一抹人影狼狽又濕漉漉地冒出半截身子，攀在石塊邊緣猛咳。

白髮……是那名該在自己體內的神使！

這怎麼可能？這不可能……

「哈囉，你這樣分心好嗎？好歹看看我們的主力怎樣表演哪。」

清脆的少女嗓音吸引了瘴異的注意力，當它意會到話裡的含意時，才駭然扭頭。

還有另外兩個傢伙！

可是，已經來不及了。

瘴異回頭的同時，兩抹狐狸面具人影赫然已高高躍於它眼前。他們一手摘下面具，露出如出一轍的冰冷藍眼睛，還有烙於頰邊宛若火焰的赤烈紅紋；兩人各自一手持握赤紋長刀，鋒利的刀鋒瞬間橫砍進各一顆頭顱裡，然後朝著相對的方向迅速拉割。

兩抹人影往對方原本所處位置飛奔，長刀也跟著一路斬開更大切口，從切口裡噴出的黑液濺上了兩人的斗篷。

瘴異的身子在抽搐，直到它的兩顆腦袋從上方砸落下來，才化作靜止。

一刻被蔚商白拉上來後，便瞧見廣場中央那具無頭身體飛速崩解爲污黑的水。

它們像大型瀑布「嘩啦」地垮下，卻沒有在廣場上造成一場猛烈的浪濤。

所有黑水在碰觸到地面前，就化成無數碎屑，再進而消逸無蹤。

當那兩抹消滅瘴異的斗篷人影也俐落地選了一處水泥塊當作落足點時，就連地面上原本的泥沼也像盡數被吸收至底下。

轉瞬間，地面上只剩兩具身子躺著。一人是白糸玄，另一人便是受到紫藤花環繞的水瀾。

「喵！小白大人……小白大人！」不管身旁的小伍、小陸，戊己就像枚炮彈般從大樓內衝出，一下子撞進了一刻懷裡。

「總算結束了……」柯維安放開毛筆，虛脫地坐下，「甜心也救出來了，就先讓我暈倒吧……」

「暈你老木！先給我撐住！」

一刻那魄力十足的一聲，馬上讓柯維安直起背，打起精神。

一刻也看到了范相思左腳上的紫色花紋，但他沒有追問，反倒把目光轉向了另一處。

發覺被注視的兩抹斗篷人影飛速戴上狐狸面具。

「莫問我名。」

「莫問我姓。」

年輕的女聲和男聲落下。

「我們只是剛好路過的正義使者？」

「為什麼是疑問句？」這是柯維安的疑惑。

「喵，是公會的人啊，那是公會的任務裝扮。」這是戊己的發言。

一刻沒有對那一人一貓給出回應，他只是捏緊拳頭、深吸一口氣，接著一道勁力十足的吼聲響徹了科院廣場。

「路過你們老木啊！最好有人會他X的從潭雅路過到繁星來！你們路過得也太遠了吧！蘇染、蘇冉！」

「喵，為什麼同一個名字，小白大人要喊兩次？」戊己忍不住又納悶了。

「因為是同音不同字啊，小實習生。」范相思也盤腿坐下。

兩名狐狸面具人影只保持了短暫的沉默，隨即不約而同地摘下面具、扯開斗篷，露出他們隱藏的面貌。

原來是一對外表相似的年輕男女，從五官上輕易就能看出他們之間的血緣關係。

身高較矮一些的，是綁著一條長辮子的女孩。氣質清冷知性，深色的粗框眼鏡也難以掩飾她清麗的容顏。

身高較高的，則是戴著耳機的男孩。看起來安靜寡言，劉海一部分壓著眼，眉目俊秀，身邊有種獨特的氛圍。

而最引人注目的，還是他們那雙色素淺淡的藍眼睛，以及各烙印在女孩右頰和男孩左頰的鮮紅神紋。

「妳把小白的青梅竹馬挖來當幫手？」柯維安嘖嘖稱奇地瞥了范相思一眼。

「呵呵，我厲害吧？」范相思挑起唇角一笑。

蘇染、蘇冉動作敏捷地跳下，快步跑向一刻。

一刻將戊己塞到蔚商白懷中，自己也站了起來。

就見蘇染、蘇冉在還隔著一段距離的時候停住，沒有再上前。

一刻也沒問，只是揚了揚眉，「誰的主意？」

「我們。」蘇染、蘇冉同時舉起手。特別是後者還戴著耳機，卻也有辦法在音樂聲中聽見一刻的問話。

「誰要解釋？」一刻再甩出了問句。

「我們。」依然是兩人舉手，不過緊接著開口的人是蘇染。

「和公會交換了條件，讓我們也加入，就答應不在暑假裡打斷公會對你的訓練。」

一刻這才想起日前在電話裡，自己青梅竹馬的那番怪異反應，想來是答應了公會，才說臨時有事，無法一同前來繁星市。

他沒有問蘇染是如何找上公會的，蘇染就是有辦法。

但是，不是明明答應了公會……

「范相思找上我們，要我們過來。是她指名，就不用管公會。」似乎看穿一刻的疑問，蘇染推推鏡架。

「沒錯沒錯，幸好我點名他們過來，他們的戰鬥力可真不是蓋的。」范相思笑吟吟拍著手，「這樣算起來，他們是沒違背胡十炎的約定。宮家小子，你應該不會生他們的氣吧？」

「神經啊，我沒事幹嘛生這種氣？」一刻沒好氣地反駁，壓下心中對蘇染原來不止找上公會，還直接找上公會老大的吃驚。

他耙耙頭髮，吐出了一口氣，「幸虧有你們幫大忙。其他的，我就不問了。」

「眞的沒生氣？」蘇染又問。

「沒。」一刻斬釘截鐵地說。

「那證明，抱一個？」蘇染說。

「抱一個，證明？」蘇冉也說。

一刻瞪著面前的兩人，眉眼看起來很凶，可是他的手臂到最後還是張開了──他總是拿這對自幼稚園就認識的雙胞胎姊弟沒轍。

「小白白白，人家也要抱！」一見兩條人影瞬間朝一刻撲抱上去，柯維安趕緊大叫，「求抱抱啊！」

「抱你去死啦！你現在就可以暈過去了，省得廢話那麼多！」一刻扭頭一吼。

柯維安還沒作勢哭訴，後頸就落下一股疼痛，整個人頓時軟綿綿地倒下。

「是該暈了，都沒體力了。」范相思收回手，貓兒眼中毫不見敲暈人的心虛。她站起來，眉眼唇角都是狡猾的笑。「宮一刻，你沒硬追著他逼問我是誰，也沒問到底是怎麼回事。」

「有人先給我打了預防針，那小子……馬的，蔚商白！你別把這幕拍下來，也不准把照片放上群組！」一刻掙脫開兩名好友，朝蔚商白比了記中指，接著再從口袋裡拿出手機，對范相思說道。

「柯維安傳了簡訊過來，說因爲妳要他保密的關係，他才沒說妳是公會的人，還是神使，反正他有大致說明了。」

「哇喔，原來他說他能在空中翻三圈還傳簡訊的事不是唬爛。」范相思吹了聲口哨，然後就像察覺什麼般望向外側。

很快地，空中俯衝下一抹黑影。

「嘎哈哈！本大爺不負眾望地完成任務了！柯維安在哪裡？快讓我踩他的頭——主、主主主人!?」

得意的大笑聲猛地轉成震驚無比的尖叫，飛下的八金甚至還失了準頭，一頭衝撞在水泥塊上，登時撞出一個鳥形印。

一刻、蔚商白和戊己愕然。

八金是喊誰主人？在場又有誰可能是……

「喵……喵！但是不可能啊！」戊己率先嚷了出來。公會的人都知道八金的主人是執行部的頭，但在三年前就出去流浪、不曾歸來。牠是之後進入公會實習的，不曾見過那位執行部部長，「可是，如果妳是八金的主人……」

「范相思，那爲什麼之前八金認不出妳？」一刻錯愕地質問。

「……封印。」低緩的聲音由蹲在一旁、正拿不知從哪撿來的小樹枝戳著柯維安的黑令發出。

一刻一臉茫然，他被拖進黑水空間後，壓根不知道這裡曾發生過什麼事。

蔚商白卻是馬上想到柯維安朝范相思雙腕間畫下的那筆。

「哎，不愧是狩妖士，對封印這種東西反應就是快。」范相思展開摺扇，自高處躍下。

「公會太無聊，我三年前跑去當狩妖士了。但實力太強就沒樂趣，才請帝君幫忙封印力量。解封用柯維安的筆就行，只是要配合時間。我當初是十點十分受封的，順便附加讓八金認不出的效果。」

「等等……那為什麼柯維安看見妳有出現的視頻時，還懷疑了一會兒，是靠妳的名字才肯定是妳的……」

「這也是他簡訊告訴你的嗎？這麼說好了，我三年前剃了平頭，沒戴眼鏡也沒染髮，還不穿裙子。」范相思輕描淡寫地說出驚人的話，「柯維安又不像妖怪，認人是看穿現象看本質，認不出是正常的。真認出了，那他對我可真是真愛了。」

一刻目瞪口呆，這才明白柯維安那時為何說執行部部長是個粗野像小男生的人……照那形象，再對比范相思現在的模樣……怪不得柯維安會不確定。

「喵，妳……妳是執行部的部長大人？」戊己還是有些不知所措，整隻貓暈乎乎的，「可是、可是，妳為什麼會跑去當壞人，還綁架了我的哥哥？」

說到最後，戊己像感到委屈地微紅眼眶。

「咳……嘎呸！本大爺可以證明，那就是我的主人沒錯！主人啊，我好想妳！雖然我完全不明白妳怎麼會突然出現在這裡，還穿得跟那個狩妖士一樣！」八金撲騰地跳起，翅膀一搧，又像炮彈鍥而不捨地朝著范相思衝去。

范相思連看也沒看八金一眼，一手卻是快速俐落地抓住八金的雙足，將它倒拎在空中。那動作比起柯維安以往做的，不知嫻熟了多少倍。

「很簡單，因為本姑娘就是那個狩妖士。蠢八金，不是跟你說過了，就連柯維安都得聽我的。」范相思終於投給八金一眼，眼角、唇角都似笑非笑的。

無視八金瞠圓的眼睛，范相思在戊己的面前蹲下。那是個表現友好的姿勢，不過在單手拎著一隻黑烏鴉的情況下，倒是顯得有點奇怪。

「妳好啊，小實習生。我們是初次正式見面，我是范相思，執行部的負責人。」范相思的摺扇化爲光點散逸，她將空出的手遞向了戊己，「我沒有當壞人喔，我只是跑去當狩妖士，然後偶然在臉書上看見有人要組狩獵妖怪的隊伍。」

「我本來半信半疑地申請加入，沒想到審查意外嚴格，還得提出自己殺害或傷害妖怪的證明，我就知道事情不對了。」

說到這裡，范相思停頓了下，環視眾人一圈，接著她嘖嘖地搖頭：「我當然不可能眞拿出那種照片啊，又不是喪心病狂。所以我改用假的，魚目混珠一下。剛好有以前公會開趴，胡十炎被我和帝君灌醉，又被我抹上番茄醬的照片。稍微再加個工，看起來就夠唬人了。」

一刻沉默。就另一種意義而言，這同樣很喪心病狂好嗎？

接下來的事，戊己自己也能拼湊出來了。

成功加入社團的范相思在得知那些計畫後，想方設法地阻止白糸玄等人，說服他們先以惡作劇的方式進行。

「那爲什麼……不一開始就揭穿他們喵？還有哥哥，妳對甲乙哥哥說了什麼？」

「不在適當時機給個徹底教訓，小鬼們是不會學乖的，只會背地裡再搞怪。碰上甲乙他們點燈是湊巧，白糸玄倒是認出他們是公會成員，才把他們帶走，搞出這件事。至於甲乙……」

范相思突地又露出狡黠的笑容，貓兒眼眨了眨，「我對他說：『我是范相思，配合我的計畫，讓你們的妹妹逃走。』」

戊己的眸子睜得更圓了，心底的疑惑至此也整個解開。

原來是這樣……所以甲乙哥哥才會在那時大喊出「戊己，妳快逃」嗎？

戊己想到之前自己對范相思的敵意，牠扭捏了下，緊張地將一隻腳掌放到范相思伸出的手中。

「相思大人，對不起喵……」戊己小小聲地說。

「哎呀，沒的事，妳那是正常反應。應該說是我嚇到妳了，眞不好意思。」范相思握著那隻腳掌搖晃幾下，作爲歉意的招呼。隨即她拎著八金站起，「接下來，有兩個小鬼似乎溜了嘛……我說到這都沒看見他們露面，指著我的鼻子大罵范相思妳這個騙子，原來是這麼回事。」

「范相思妳這個騙子！原來是這麼回事！」

下一瞬間，還眞的猛然爆出了兩聲惱怒的大罵，只不過聲音不是從大樓內傳出的，而是從另一個方向。

廣場上還保持清醒的人都望向聲音來源。

然後，最容易在臉上表露情緒的一刻吃驚高喊：

「秋冬語!?我操！還有那堆羊！」

以為趁機逃跑的小伍和小陸是從二館和四館間的出口出現的，他們看起來像被逼著不得不往前走。

而在他們身後，竟然是一名身穿華麗紫色小洋裝的長直髮女孩。頭戴誇張的尖頂帽，白皙的臉蛋上缺乏表情，一柄蕾絲陽傘正如西洋劍般被她握在手中，指著小伍和小陸的背。

居然是秋冬語。

她身後還引領著一群綿羊玩偶軍團，它們身上已不見詭異的黑水花紋纏繞。

「在路上……看到咩咩君，所以回收……」秋冬語的嗓音還是沒有波瀾起伏，輕飄飄地落於夜空下，「老大派我過來，看看情況……順便也讓我，看看故鄉的情況……」

故鄉？突兀的兩字讓一刻不禁困惑地皺起眉，反射性想問柯維安，但後者還陷於昏迷中。

負責回答的是范相思，「怎麼，胡十炎沒跟你們說嗎？他就是在這撿到冬語的，不過那時當然還沒蓋起繁大啦。」

一刻心裡訝然。他知道秋冬語不是人類，也知道胡十炎是她的監護人，卻沒想到原來她最初被發現的地方，就在繁星大學裡。

這時，一刻注意到身邊的蘇染拿著一本黑色小冊子，低著頭不曉得在寫些什麼。

蘇冉湊在一旁，像在偶爾出聲建議幾句。

「蘇染，妳又在記什麼了？」

「一刻你的交友情形。雖然早知道，但實際見到還是有點差異，我在修正誤差。」

「提供意見，我。」

面對同時望向自己的兩雙藍眼睛，一刻頓時後悔自己幹嘛問了。

「你想看嗎？可以看沒關係，都是跟你有關的。」蘇染將小冊子主動遞出。

「不，免了，謝謝。」一刻沒好氣地說。認識蘇染那麼久，他早清楚對方總會攜帶本黑色冊子在身邊，到現在都不知道是第幾本了。

蘇染總說裡面記的是有關他的事，可是一刻更覺得，裡面記載的其實是無數大小情報。每次蘇染只要拿出小冊子翻翻，就會給出相對問題的答案。

甚至一刻都放棄問蘇染說的「雖然早知道」是怎麼回事，對他而言，那名長辮子女孩就等於是「無所不知」的代名詞了。

另一邊的范相思在見到小伍、小陸後是挑挑眉，饒富興致地拎著八金走上前。

「哎呀哎呀，就是那麼一回事沒錯。」范相思單手扠著腰笑，「所以呢，你們兩個回去後還要再私下搞個狩妖社團，等處罰過了再來一次狩獵妖怪？」

小伍和小陸想要挑釁地對范相思說他們一定會這麼做，可是話滾到舌頭上，卻是怎樣也說不出口。

兩名少年想起今夜自己經歷過的一切，還有那彷彿抹滅不掉的毛骨悚然感。

瘴異，原來是那麼恐怖的存在。

范相思又豈會看不出兩人的動搖，她好整以暇地又補上更為強力的一擊，「伍書響、陸梧桐，如果你們敢把今夜的事，包括水瀾的存在說出去的話，你們猜會怎樣？」

「怎、怎樣？」

「我剛好和帝君的交情非常、非常好。嗯，我應該不用補充她是文昌帝君吧，我記得你們好像明年要考大學嘛？」

全名是「伍書響」和「陸梧桐」的小伍、小陸瞬間臉刷白了。

文昌帝君，那可是在神使公會坐鎮的神明，專門掌管學運和考運。

也就是說，他們的大小考試也都掌握在人家手中……

見兩人聰明地明白了自己的隱晦威脅，范相思滿意地點點頭。

「等一下！就、就算我們不說……」小陸像是想扳回一城，結巴地喊，「還有師兄啊！」

「通常被瘴異寄附的人，在瘴異消失後不會有那段記憶。」蔚商白說，淡然的語氣也沒了先前那種壓迫感，起碼小伍、小陸總算不會覺得背後發冷。「加上他還被另一名瘴異吸收，記憶上應該不止對今晚的那一段沒印象而已。」

「就是這樣，白糸玄，我們會再看情況斟酌。現在……」范相思話一頓，耳尖地捕捉到一絲呻吟，倒拎在她手中的八金則最快看見了藍髮少女在掙扎著清醒。

水瀾半睜開著眼睛，像是費力地試圖從地面撐起身體。

「嘎啊！那是什麼!?」

八金的驚叫不是因爲見著水瀾眼裡還留著猩紅，事實上，那雙眸子已回復本來的藍綠色。八金會驚叫，是因爲見到水瀾的身上竟然浮升出一縷青煙。

那青煙乍看下有若人形，瀰漫繚繞的煙氣彷佛髮絲，髮絲下還露出一隻幽藍的眼瞳，說有多詭異就有多詭異。

不僅是八金見到了，其他人也見到了。

而最快有動作的人是范相思和一刻。

劍影與白針迅雷不及掩耳地襲向青煙，立即就將那人形打散。

青煙眨眼便散得不見蹤影，可是就在那短短的剎那間，卻是有道輕柔的嗓音跟著飄散，乘著夜風進入眾人耳內。

呵……可惜了哪，不過還是能爲我們的唯一……哎，要不換你們來找我吧？到那個你們該知道的地方……找情絲一族的情絲……

當最後一縷煙氣消失，那嗓音也一併歸爲靜止，宛如不曾存在過。

可是那句詭異的話語已深深烙進眾人心裡。

還有「唯一」，她說了「唯一」！

一刻更是感到一震，青色的煙氣加上「情絲」這個名字，無一不令他想到先前在黑水空間裡被自己抓住而盡斷的青色絲線，還有水瀾被抹成黑暗的記憶，被封鎖在青絲裡的那些聲音。

「我會忍耐，我知道……邵音要做假象……」

「邵音……一直都相信妳……」

是了，這個地方透露出最大的不對勁，他那時候怎麼沒立刻想到？

既然水瀾已知道邵音要製造假象——砍伐紫藤、驅離她——又爲什麼會說符家人背信忘義，奪走她的家園？

那簡直，就像記憶遭到竄改一樣！

一刻一凜，想也不想地脫口問道：「邵音是誰？」

但一刻沒想到自己口中的那個人名，卻引得小伍、小陸面露震驚。

「邵……我們符家的……」只不過小伍和小陸都沒有機會把話說得完整，他們的聲音霍然卡住，接著兩具身體「砰」地倒地。

「這可就不是能讓他們聽的事了。」一手快狠準地擊昏兩名狩妖士的范相思甩甩手，「宮一刻，你怎麼突然提到邵音這人？你從水瀾那還是柯維安那知道的嗎？」

一刻不明白這事怎會與柯維安有所關聯，但他還是將自己在黑水空間裡的遭遇說了一遍，包括那些畫面聲音，還有被青色絲線包裹在其中的紫藤花。

范相思露出了若有所思的神情。

就在此時，水瀾也慢慢支坐起身體，水藍色髮絲垂散一地。蒼白的面容上，那雙藍綠色眸子不復見曾經的瘋狂與恨意，留在裡頭的僅有迷茫及困惑，看起來格外地我見猶憐。

「邵音……」水瀾不自覺地幽幽呢喃，帶絲空茫的眼眸忍不住左右張望，像是想辨認自己眼下的位置。可是當她的目光對上一刻等人，她瞳孔收縮，混亂的記憶在這瞬間彷彿一口氣全歸位。

「我……我……」水瀾雙手撫上臉，氣若游絲的嗓音似乎攀爬上哽咽，「我做了……我不該……」

「嘿，那麼漂亮的女孩子可不適合哭。」范相思扔開八金，走到水瀾面前蹲下，「妳還記得多少？我是范相思，公會的人，我們老大胡十炎和邵音是朋友。所以，可以跟我說說妳還記得發生什麼事嗎？」

「邵音的朋友……我……我記得邵音要找新的住所給我，我們會一起配合，瞞過其他人……可是……」水瀾的眼大睜，透明的淚水凝成淚珠溢下，沿著她的臉龐滑落。「可是爲什麼我會忘了？我明明就該知道，邵音不是故意要那麼做……可是我忘了我忘了，我不記得了，我還將邵音當成憎恨之人，我怎麼能——」

水瀾渾身顫慄，再也抑制不住心裡的悲鳴，「他說得沒錯，邵音不可能欺騙我的啊！」

水藍色的少女摀住了臉，遮住她的表情，卻遮不住不停滑落的淚珠。像是感受到她的激動情緒，那好似水波漣漪的髮絲和裙襬也泛起震晃。

「顯然有人竄改了她的記憶，那位情絲。」蘇染從至今收集到的隻字片語中，冷靜地整理出有用的資訊，「雖說尚不知對方意圖，但就是情絲造成了水瀾忘記重要的片斷記憶，將符家當成奪走家園的憎恨對象。至於情絲說的『那個該知道的地方』——恐怕就是符家。」

「符……」一刻驚愕。

「我也覺得是符家。」蔚商白也平靜接話，「水瀾是在自身遭到砍伐後才離開符家，進而來到繁星市。況且，對方又特別強調了我們該知道的地方。顯而易見，情絲就藏匿在符家之中，就不知她是怎樣的種族。」

「是妖怪，而且是麻煩的妖怪。」范相思說，「不過這部分你們現在還不用知道，先丟給公會來煩惱吧，小孩子就該放個假、休息休息，免得過不久又要被壓榨勞力了。」

「等一下！邵音到底是誰！」一刻追問，忽略了范相思明明年紀比他們小，卻一直使用著長輩的口吻。

「符邵音。」說話的是默不作聲到讓人以為他睡著的黑令。

高大的灰髮年輕人維持著旁人看了覺得彆扭的蹲姿，慢吞吞地說：「符家，現任家主。」

即使早猜得出來「邵音」是符家人，可一刻等人卻沒料到，對方不僅是符家人，甚至還是符家的最高掌權人！

「喵！但、但是符家明明很討貓厭！而且老大也不喜歡符家啊！」戊己不敢置信地嚷道。

「嘛，大人的問題是很複雜的。立場啊、身分啊、種族啊，諸如此類的。」范相思聳聳肩膀，「這個也不是我能回答的。」

「老大說，他不喜歡符家……但沒有，不喜歡作為朋友的符邵音……」秋冬語將一票綿羊玩偶留在後方，一步步走向水瀾，在對方面前站定，「老大，要我把這給妳。」

水瀾眨著凝掛淚珠的眼睫，怔怔地看著那隻伸出的潔白手臂。

秋冬語將一張約莫兩個巴掌大的紙張遞給水瀾。

一刻一看就知道，那是他們繁大的校內地圖。問題是，胡十炎把那給水瀾要做什麼？

「老大要我轉告……邵音給妳的新家，就在這裡，繁星大學……朝湖。」秋冬語說，「地圖上有標出……朝湖，是邵音給妳的新家……」

一刻愣住，沒想到校內莫名其妙由神使公會開挖的湖泊，竟然是……等一下，那夕湖呢？

「夕湖只是買一送一，順便挖的……老大說，可能有人會想問這事，要我記得補充……」

「靠……」

水瀾沒仔細聽身周的談話，她瞬也不瞬地看著手中的地圖，看著就標在圖書館旁的朝湖。更多的淚水不由自主地滑落，她倏地將那張紙緊緊抱在懷中，心中像是被某種柔軟又溫暖的東西塞得滿滿。她哭著笑著，露出了一刻曾在記憶畫面裡見過的天眞爛漫笑靨。

水藍色的少女看起來還是如此纖細脆弱，可是卻再也沒有了那股寂寞和哀愁。

「好了，事情就到這邊吧。『唯一』和符家的事，你們也先不用多想，剩下的公會會負責傷腦筋。那邊那幾個誰，反正只要是男的都來幫把手吧，把地上這幾具扛一下。」范相思拍下手，示意眾人照她指示行動，「你們應該也沒什麼疑問了。甲乙他們的下落自然不用擔心，到時逼問一下小伍他們就行。」

「不，我還有疑問。」有人出聲了。

蔚商白語氣平靜，眸光卻是無比銳利，「爲什麼妳的神紋顏色變了？」

數道視線幾乎反射性地望向范相思的左腳——該是紫色的繁複花紋，竟不知何時變成了桃紅色。

范相思也注意到了，她咂舌一聲，腳上的神紋頓時又變回紫色，隨後乾脆整個隱沒。

「妳是執行部部長，管理所有加入公會的神使，而妳的言行一直透露出我們對妳來說是小輩，張亞紫小姐還特地爲妳加封印。」蔚商白說，「妳眞的是神使嗎？」

一刻瞧見范相思的眼中閃過什麼，同時也發現身旁的蘇染、蘇冉太過沉靜，連絲驚訝也沒有，他頓時醒悟到什麼。

「你們兩個該不會早知道……」

「知道你今天的襪子和內褲花色？」這是蘇染。

「知道你昨天的睡相？」這是蘇冉。

「知道公會在蓋宿舍，你租的房間其實就是在那裡？」這是蘇染和蘇冉同時說。

我操！這訊息量會不會太大了點!?一刻目瞪口呆、呆若木雞。

同時，被扔到水泥塊間的八金已掙扎著跳出，牠呸地吐出吃到的泥沙，然後氣勢驚人地張翅飛起，再次直衝向自己的主人。

「嘎！神使？我主人才不是什麼神使啊，一群呆瓜！她只是嫌麻煩，裝作神使而已啊嘎！」

八金飛到范相思伸直的手臂上，雄糾糾、氣昂昂地做出宣告。

「她可是——」

「一位劍靈。」

「嘎！」

尾聲

范相思是一位劍靈，並非神使。

「簡單說就是古劍有了靈性，長時間吸收日月精華，最後終於可以化成人形。別看我這外表，我只比胡十炎小了一、兩百歲。」

不可思議社的社辦裡，染著橘色劉海的短髮少女大剌剌地將腳擱在安萬里專用的桌面上，手裡抱著從桌下抽屜挖出的零食，邊吃邊對今日被她叫來這裡的一票年輕人說道。

除了本就是社員的一刻和柯維安，社辦裡還有蔚商白，以及蘇染、蘇冉。

范相思的肩頭停棲著八金，不過似乎是嫌對方話太多，八金的嘴巴被繃帶捆住。

「眞要算種類的話，大概也算無名神了吧？只是我沒被人信仰，我也不想被信仰，我只想隨心所欲地過日子。我也不想當神，公會裡的神，就只有帝君。」范相思將零食咬得卡滋作響，「僞裝神使在外行動也方便，也不會有一堆莫名其妙的追問，可惜現在沒法子回去當狩妖士了。」

范相思作結似地說，她揮揮手，一副「有事再問就交出錢包，無事要問也交出錢包」的態度。

不過在場和范相思最熟的柯維安馬上一拍手，要眾人無視即可。他拉著大夥，改到沙發那邊圍起小圈圈。

「別理范相思，聽說她回公會搶錢搶得可凶了。」柯維安竊竊私語，「連老大和狐狸眼的也被坑了一小筆。」

「蘇染、蘇冉，你們應該沒吧？」一刻立時警覺地問著自己的青梅竹馬。

兩人有志一同地搖搖頭，沒說出他們不止沒被坑，反而是他們要范相思交出偷拍到的照片作爲交換酬勞。

「哎唷，小白，你這兩個朋友看起來跟小可的哥哥一樣厲害，范相思鐵定坑不到。」柯維安笑嘻嘻地說，就在下一秒，他話鋒一轉，同時無比眞摯誠懇地湊向了蘇染、蘇冉。

「那晚我沒辦法好好介紹自己，眞是太不好意思了。我是柯維安，我聽小可說過，你們對小白甜心的大小事無所不知——所以拜託了！跟我交換點情報吧！例如小白小時候的照片、小時候的照片、小時候的照片！我願意拿我這的大一小白生活照來交換！」

「幹！柯維安，你他媽的是哪時候有照那種——」

「沒問題，成交。」

「成交，沒問題。」

一刻的咒罵還沒結束，就被另兩道嗓音截斷。

蘇染與蘇冉迅速各掏出自己的手機，在最短時間內就和柯維安交換了號碼。

蔚商白拍拍一刻的肩膀，「沒什麼能阻止他們了。」

「該怎麼說呢，你的青梅竹馬超愛你的唷，宮一刻小弟。」范相思嘖嘖稱奇地插來這句。

眼見沙發上的三人已陷入某種他不想明白的氛圍中，一刻臉色鐵青，當機立斷地衝出這個空間。

開什麼玩笑！要他當面聽人討論起自己小時候還包著尿布的照片，這天殺的是哪門子的羞恥撲累啊——而且蘇染、蘇冉到底是從哪弄到的！

不，別去想，也別問，那可是蘇染。

不要去質疑自己青梅竹馬的能力，這可說已變成一刻生活中的一項定律了。

暑假的繁星校園裡沒什麼人，四周也看不見先前戰鬥後留下的瘡痍。

除了一刻等人，不會有誰知道這裡曾發生過什麼事。

一刻來到朝湖前，原本該空無一物的湖泊中央，如今聳立著一株碩大華麗的紫藤。淡紫色的串串花瓣像是瀑布般傾洩下來，在湖面上形成美麗的倒影。

那是水瀾的本體。

正因為校園裡沒什麼人，所以這株紫藤的花季才會特意延長開綻。

「一刻大人……」忽地，幽幽的呢喃聲出現，隨即一抹纖細人影自紫藤中浮現出來。

水藍色的少女踩著湖面而來，髮絲與裙襬如漣漪似地要融入了湖中。

「你好……一刻大人……」水瀾走近欄杆前，露出符合她外表年紀的天眞笑顏。

「妳好，水瀾，不用加那什麼大人。」知道尋常人看不見水瀾的存在，一刻靠著欄杆，也露出笑和水瀾打了招呼。

似乎是因爲先前曾幫助自己找回失落的記憶，水瀾對於一刻格外親近。

於是一刻自然也了解，爲什麼當初會被人鎖定爲「朋友」。除了淨湖守護神分身在自己身上留下的水之氣息外，再加上他長時間抱著戊己，也沾染上對方的妖氣。

兩種氣息相加乘下，就是讓水瀾誤以爲是同伴的原因。

對於一刻的要求，水瀾順從地點頭，「好的，一刻大人……」

「喂喂……」一刻垮下了肩膀，但在見著水瀾不解地望著自己後，他嘆氣，「算了，沒事。對了，我剛好想問妳一件事。」

一刻想問的，自然不是水瀾與符家的關係，那些他透過水瀾的記憶都看到了。況且，這還牽扯到符家家主，他也不打算深問下去。他想知道的是……

「妳爲什麼喜歡柯維安那種類型的？」

「咦？」

「妳不是喜歡鬈髮、娃娃臉、有雀斑，所以當時才特別針對柯維安嗎？」

「不，我喜歡的是邵……」

「抱歉，我接個電話。」突然大響的手機鈴聲打斷了水瀾的句子，一刻給她歉意的一眼。剛接起手機，從裡頭傳來的哇哇叫嚷，讓一刻不得不將手機拿遠了些。

柯維安的聲音太大聲了。

「小白白啊！我跟你說，我剛接到花店的人打電話過來！」柯維安簡直是鬼哭神號，連水瀾都好奇地盯著手機。

「花店的人說有人要送花給我，送花的還是黑家，說是爲了感謝讓黑令能提起幹勁好好做完事。但這不是重點，重點是他們送的是一堆麵線菊！管他麵線還毛線，誰會送人菊花的！挑花的鐵定是黑令那個王八蛋！還有你小時候的照片眞是超超超級可愛！」

「幹！」一刻瞬間掐斷了通訊，決定不給將要收到菊花的柯維安一絲一毫同情心，「咳，沒事……水瀾，別理那小子，也別特別喜歡那個變態。」

「我……沒有喜歡啊……」水瀾困惑地搖搖頭，「也沒有喜歡鬈髮、娃娃臉雀斑……我喜歡的，是邵音……」

「什……慢著，妳沒喜歡過？」

「沒有……」

「可是胡十炎明明說……可是妳在記憶混亂的時候，不是眞的特別針對柯維安嗎？」

「嗯，是沒錯……是針對他，但不是因爲鬈髮、娃娃臉、雀斑的緣故，是因爲……他本身。」

一刻不禁有些茫然。

胡十炎的確是說水瀾喜歡柯維安那外形，他說的那些特徵，具體得都像是在專指柯維安。

不，慢著，等一下。一刻心裡驀地浮現出匪夷所思的猜想。

難道說，胡十炎是故意混淆視聽……他早知道比起符家的狩妖士，水瀾更會專門針對柯維安……所以才故意以那種說法說出……

但是，爲什麼篤定水瀾眞的會……

「那時候的我，只想報復符家人……下意識追著與符家有關的氣……」水瀾說，那氣若游絲的嗓音認眞又困惑地飄蕩在朝湖之上。

同時，也重重敲進一刻的心裡。

「比起符家道術的氣味，那個人……柯維安的氣，才是最濃厚的……」

「他的血和邵音的，如此接近……」

「他分明，就是符家人啊。」

〈水瀾與符〉完

番外・岩蘿記事

這是一刻等人還留在岩蘿鄉時發生的小小插曲。

叮咚！叮咚！

響亮的門鈴聲打破房裡的寂靜，一刻皺了皺眉頭，下意識把棉被拉高，蓋住腦袋。

經過昨夜與阮鳳娘和瘴異的那場戰鬥，他完全覺得自己擁有睡到天昏地暗的權利。

管現在是幾點？管按門鈴的人是誰？天大地大，他要補眠最大！

而且房間裡又不止他一個人，柯維安或曲九江總會負責去開門的吧？

這麼想的一刻又繼續心安理得地閉上眼，準備重新進入夢鄉，卻沒想到門鈴被人鍥而不捨地再度按響了。

房外那人就像是鐵了心要耗下去，門鈴不停地按，最後甚至開始按出不同的節奏，彷彿要試看看能不能按出各種曲調。

操！這他媽的是想吵死誰！饒是一刻再怎麼想無視，被那宛如魔音傳腦的門鈴聲一轟炸，頓時火大地拉扯開棉被。

床邊的空位先是讓一刻一愣，接著才注意到原本應該和自己睡同一張床的柯維安，不知道什麼時候爬起來了，人就窩在梳妝台前，戴著耳機，專心無比地看著筆電上播放的動畫。

一刻瞇起眼，將本來就亂的白髮耙得更加亂七八糟。

「叮咚」、「叮咚」的聲音還在繼續，而且隱隱摸索出〈小星星〉的調子。

一刻的耳朵被刺得發痛，而戴著耳機的娃娃臉男孩還渾然不覺。

一刻認為那畫面看了令他更加火大，他抄起一顆枕頭，不客氣地就是砸往柯維安的方向。

「哇啊！」被突來的凶器攻擊，正專心的柯維安登時被砸了一臉。他嚇得站起，力道之大險些把耳機和筆電都扯落下地。

柯維安看見扔來的是顆白色枕頭，他連忙摘下耳機，往床鋪的方向一看，立即倒抽一口氣。昏暗中的白髮男孩看起來殺氣騰騰、眼神猙獰，簡直像惡鬼。

「小……小白，怎麼了嗎？難道動畫的聲音跑出來吵到你了？」柯維安急忙地問，可隨後他也聽見了那陣響個不停的門鈴聲。「呃……〈小星星〉？」

虧他這樣還聽得出來。

一刻收回殺氣四溢的視線，畢竟吵人安寧的不是柯維安，而是門外那個混蛋傢伙。

「我來開門。」一刻下床，看似平淡的四字，實則說得咬牙切齒。

柯維安不禁要為門外人捏把冷汗，他家小白的起床氣看起來超恐怖！

一刻瞄見另一張床鋪的曲九江仍睡得雷打不動，他眉頭狠狠擰起。這傢伙是聾了嗎？這麼吵竟然還有辦法睡下去？

「呃，小白，我猜曲九江是用了妖力，屏蔽外界的聲音。」柯維安舉起一隻手，像是看出一刻心裡的疑惑，「還有你再不開門，〈小星星〉好像要變成〈給愛麗絲〉了？」

「馬的，用妖力也太犯規了吧？」他自己也是個半，爲什麼神力反倒沒那麼好用？一刻咂下舌，帶點羨慕嫉妒恨的意味。

在漫天作響的叮咚聲中，一刻大步走向房門前，一解開門鎖，門板立即被他大力拉開，同時伴隨的還有不吐不快的暴怒咒罵。

「幹恁娘咧！七早八早的是在吵三——」

看清門外面孔之後，一刻的咒罵乍然而止。他錯愕地瞪著那張波瀾不驚的細緻臉蛋，對方的眼眸深邃得像幽幽潭水。

「哎？小語？」柯維安從一刻身後探出頭來，大感吃驚。

門外是穿著便服的秋冬語，當然不是魔法少女那身誇張的打扮，僅僅是印花洋裝加涼鞋。可是那名沉默、像尊瓷娃娃的長直髮女孩，實在不像會胡亂玩起門鈴的人。

一刻瞬間想通了，他惡狠狠地低吼：「蔚可可，給老子站出來面對！」

「嗚……」頓時自旁邊傳來一聲哀鳴，然後換另一顆腦袋心虛地冒出來，「爲什麼還是會被宮一刻你發現啦……」

彷彿和秋冬語默契十足，今日也穿著印花洋裝的蔚可可哀怨地嚷嚷，手指有些不甘地對戳著。

「白痴才不會發現，用膝蓋想就知道這種事不會是秋冬語幹的。」一刻陰沉著臉，連白眼也懶得給了。

「可惡，那我下次叫小語來按……」蔚可可鼓著臉頰，加上大大的眼睛，看起來更像小動物了。

「好……下次，我來。」秋冬語鄭重點頭，如同這是非常重要的承諾，「我會……先在家裡努力練習，貝多芬的……悲愴奏鳴曲。」

靠！妳還真的要把門鈴當鋼琴練啊？放過妳家的門鈴好嗎？一刻目瞪口呆，隨即一掌拍上蔚可可的腦袋。

「少帶壞人，所以妳一大早吵人是要做什麼？」

「才不是一大早。」蔚可可睜圓眼睛，「都下午兩點多快三點了啊！說好的一起玩呢？你不是答應大家要一起逛岩蘿嗎？」

一刻還真沒想到自己一沾床就昏睡到下午，他也想起自己似乎真提過這話題。他嘆氣，有點想拒絕，他補眠還補不夠。

一刻本來想用柯維安不喜歡體力活來搪塞，但對方搶先開口了。

「小白、小白，就去嘛。來到岩蘿不走走逛逛，就太浪費了！」柯維安眨巴著大眼睛，仰高得天獨厚的娃娃臉，兩手還交握在胸前，「甜心，我們一起去玩嘛，只是走路我沒問題的，別突然叫我打怪或跑給怪追就好了。」

「少烏鴉嘴了，沒事誰想打怪或跑給怪追啊。」一刻沒好氣地說，但態度開始鬆動。

「宮一刻，拜託。」蔚可可也眼巴巴地瞅著一刻。

那雙像是小動物的圓滾大眼睛，一刻鮮少能夠眞正硬起心腸拒絕——他對可愛的人事物根本缺乏抵抗力，偏偏柯維安和蔚可可都是可愛系的。

在雙重的眼神攻擊下，一刻無可奈何地吐出一口氣，「……給我刷牙洗臉的時間。」

「耶！小白愛你！」一聽到這等同答應的回覆，柯維安眉開眼笑，熱情地就要給一刻來個擁抱。

一刻冷酷地一掌拍開柯維安的臉。

門外的蔚可可也是一臉欣喜，她抓著秋冬語的雙手，「小語，大夥可以一起玩了！」

「嗯，一起玩……有小柯他們在，好。有可可在，更好。」秋冬語說。

「小語眞的很喜歡小可呢。」柯維安笑咪咪地說。

「因爲我們是好麻吉嘛！」蔚可可活力充沛地抓著秋冬語的手指，一起舉高。

秋冬語正經八百地跟著點頭。

「老大一定也很高興。對了，小白！」柯維安像是突然想到什麼，回頭喊住正走向廁所的一刻，「我們等等趕緊出門吧，就讓那位和你的麻吉程度輸我一大截的曲九江繼續睡吧，這主意超棒的對不對？」

「我覺得放火燒了你更棒，室友B。」回應的是另一道低沉嘲弄的嗓音。

柯維安身體頓僵。

一刻搖搖頭，絲毫不想同情那名娃娃臉男孩，活該自作孽。

最後柯維安當然沒有眞被曲九江一把火燒了，只是對方那若有似無的冰冷笑意，令柯維安寒毛直豎。

明明是走在遮陰稀少的山路上，他卻感覺不到暖意。

「嗚啊啊，小白，你不覺得冷嗎？」柯維安搓著雙臂，躲到一刻身邊，盡量拉開自己與曲九江的距離。

「不覺得，反倒是你靠太近，我覺得很熱。」一刻白了一眼，卻也沒眞的將柯維安拍開，他其實一直有在留意對方的狀況，「要是眞不行就說一聲，用不著逞強，我還能揹你走。」

「小白白白白！」柯維安感動得淚光微閃，「你果然是愛我的，不如現在就對我公主抱吧？」

「抱你老木！」一刻黑了臉，果斷地將同情心收起，「走不動你就自己滾下山！」

「嚶嚶……」柯維安哀怨得像受了委屈的小媳婦，只差沒拿出手帕擦眼淚。

相較於男生組的無意義對話，女生組的蔚可可和秋冬語則是一馬當先地走在前頭。兩人的精神看起來相當好，不時可以聽見蔚可可興致高昂的說話聲，偶爾加入秋冬語平靜的回應。

他們一行五人要前往的地點，是岩蘿文物館。

蔚可可來岩蘿鄉多次了，一直巴望著想嘗試看看那裡的限定下午茶。

原本一刻還特別問她不去看青礦谷公園嗎？不過蔚可可苦著臉，說經過昨夜的事，暫時不想靠近那個地方了，尤其深入一點後就是蘿岩湖。

一刻沒再多問，只是揉揉她的頭髮，像對待需要照顧的妹妹。

岩蘿文物館坐落於半山腰，從花見旅館出發後，大約要走上半小時。

但只是單純走路的話，對所有人中體力最差的柯維安而言，也就不是什麼難事了。

六月的岩蘿，天氣比其他地方來得悶熱些，就算是走在有林蔭遮蔽的山路上，也仍感覺得到那股像黏在皮膚上揮之不去的燠熱感。

待曲九江的目光終於不再落至柯維安身上之後，柯維安也開始感覺到熱了。他摘下帽子，充當扇子地搧了搧。

「小白，好熱呀……」連聲音也是軟綿綿的。

「誰教你還要揹著筆電。」一刻沒好氣地說，長臂一伸，就把柯維安的大包包接過，「是男人就振作點，快到了，在前面而已。」

一刻倒也沒騙人。當他們繞過山壁轉角，登時就見一幢位於廣大園林中的建築物。

那帶著日式風格的古樸屋宅，正是岩蘿文物館。

雖然不是假日，但還是能看見外頭停了不少車輛，那些也都是要來此處參觀的遊客。

「宮一刻、宮一刻，我們直接到餐廳去！」蔚可可挽著秋冬語的手臂，朝後方的一刻等人揮揮手，「不能讓人等太久哪！」

「下午茶不會長腳跑掉，妳那麼急是要幹嘛？」一刻嘴上叨唸著，也沒要女孩子們拿出錢包，自己就先往售票口走去。

進岩蘿文物館是要門票的，不過費用也不高，主要是用來維持展館的運作。

一刻打算連其他人的門票錢一起出，當作慰勞大夥昨夜的辛苦，但沒想到售票窗口後的工作人員卻露出親切的笑容。

「不用門票沒關係的，還請各位貴賓直接入內吧，大人已經在裡面等候你們了。」

啊？一刻掏錢包的動作一頓，他訝異地看著對方，然後在那名年輕女子的眼瞳中看到一絲金黃閃過。

一刻恍然大悟，這人原來也是妖狐族的嗎？但她說的「大人」……

一刻立即想到蔚可可方才說的話，兩者結合起來，一個可能的人選迅速浮上心頭。

朝工作人員點頭道謝，一刻回頭，大手一揮，示意眾人可以進去岩蘿文物館了。

由於入內要脫鞋，因此眾人把鞋子放進門外的鞋櫃裡，改換上館方提供的室內拖後，才魚貫進入。

岩蘿文物館內彎彎繞繞，多條走廊分岔又會合，處處可見許多文物陳列，簷廊外頭還能見到一方枯山水的庭院。

沒有和其餘遊客聽著專人解說，在蔚可可的帶頭下，一刻他們直接轉向餐廳。

配合著屋內的日式風格，餐廳裡也採讓人可盤腿而坐的榻榻米設計。

即使是非假日，餐廳內也幾乎是人滿爲患，人聲和杯盤敲擊聲混在一起，形成了一首熱鬧的樂章。

「宮一刻，這邊，我們到外頭的露天座位！」蔚可可像是已經和服務生說好了，興奮地揮手示意。

一刻一點也不意外地發現那名服務生的雙眼同樣閃過一瞬的金黃色。

對方恭敬有禮地彎腰，那態度不像在招待一般客人，反倒像在迎接什麼重要人物。

「看樣子，這地方原來也是老大他們一族的產業啊。」柯維安自然也發現到了，他湊到一刻耳邊竊竊私語，「西方妖狐的經濟力雄厚，果然不是空穴來風的消息。」

「他們都有專人在負責預估股票走勢了。」一刻隨口答道，目光留意著曲九江。

幸好那名褐髮青年只是微露出厭惡的表情，而不是發出什麼尖刻的抱怨。

不過光看那表情，一刻也猜得出曲九江在想什麼，估計是不喜歡這裡充斥著妖狐的氣味。

在服務生帶領下，一刻他們繞過室內多桌客人，來到室外的座位。

那裡原來是一處觀景台，欄杆呈半圓形地環繞住對外的一側，不論從哪個角度望出去，都能瞧見一片蔥鬱山林。

為了避免陽光直晒，每個座位區還設有一把遮蔽的大陽傘。

觀景台上的座位不多，但都坐滿了人，只有一處僅坐著一人。

一刻一眼就看見隻身的那個人。

對方是名褐金長髮的美麗少女，全身散發著我見猶憐的氣質，讓人不禁被激發出保護欲。其他桌的男性客人，都忍不住地偷偷瞄著她，然後沒一會兒，就被自己的女友／老婆怒氣沖沖地扭著耳朵轉回頭。

「左柚！」蔚可可開心地喊出少女的名字。

西山妖狐的副族長頓時轉過頭，白皙的臉蛋上綻放欣喜的笑顏。

「可可。」左柚連忙起身迎了上去，她那如翦翦水潭的眸子在望見一刻時，顯露出更多深切的情感，「宮同學……一刻，還有一刻的朋友們，歡迎你們來這。」

「也就是說，那丫頭事先就和妳約好了嗎？」一刻要是還看不出情況，他就眞的太遲鈍了。而他在感情以外的事上，向來相當敏銳。他睨了一路上都瞞著不說的蔚可可一眼，後者吐吐舌，有點得意。

「左柚小姐，能再見到妳眞是我的榮幸。」柯維安馬上湊上前，眨巴地望著眞身是四尾妖狐的美麗少女，「可是妳不是還要待在靜修之地，特地來這陪我們會不會造成妳的麻煩？」

「請喊我左柚就行了……」今日也是一身便服，但依舊不減美貌的左柚靦腆一笑，「我的分身還留在靜修之地，短時間是沒關係的。而且……我也希望能多認識一刻的朋友。」

「左柚，我跟妳再一次介紹。」蔚可可笑咪咪地拉著秋冬語的手，「這是小語，秋冬語，她人很好喔。然後另外三位男性甲乙丙就別多理他們了，我們一起吃下午茶。」

「喂。」被稱爲男性甲的一刻扔了一枚白眼過去。

「小可，下午茶別忘記我的份啊！」男性乙的柯維安趕緊爭取權益，他對這地方的下午茶也是眼饞很久了。

至於另一位男性丙，擺明就是沒興趣加入談話，自顧自地找了張椅子就落坐。

一刻聳聳肩膀，對左柚做出一個「這群人就是這樣」的表情。

左柚笑了，接著她召來服務生，輕聲吩咐幾句後，就看見對方畢恭畢敬地離去。

下午茶很快就送上來。

餐點和擺設甚至比菜單上的來得豪華許多，除了有四座三層架——底層是多種口味的三明治，橘紅的煙燻鮭魚襯著生菜格外顯目；中間是司康餅附上果醬；上層聚集著造型精巧的小蛋糕與水果塔——架旁還有精緻的和菓子，一看就是特別準備的。

「如果覺得不夠，還請……不要客氣。」左柚認真地說道。

「不、不，我覺得能吃完這些就很厲害了。」柯維安嘶嘶口水，尤其在看見服務生又陸續送上其他點心之後，一瞬間他都覺得有種飽足感了。

他不討厭甜食，只是這分量還眞夠驚人了。就連別桌都忍不住探頭探腦，還有客人在向服務生打聽這是哪一道餐點。

不過柯維安想起他們還有秋冬語，頓時感到安心不少，起碼不用擔心會浪費食物。

相較於男性組見到這大分量甜食時的面有難色，蔚可可則是雙眸放光，簡直像許多小星星跌入裡頭。

「一定吃得完，有小語和我在呢。」蔚可可豪氣萬千地揮舞著叉子，「甜點可是另一個胃呢！」

一刻確實都要懷疑蔚可可的肚子裡是不是藏有另一個胃了。

她眞的就照著她先前所說的，負責解決了將近兩人半的量，另外兩人半的分量是由秋冬語解決。至於最後的一人份，是由一刻、柯維安、曲九江和左柚共同分掉。

扣除掉左柚，一刻得承認，他們三個男人的戰鬥力還眞是個渣，簡直弱爆了。

雖然左柚說想多認識其他人，但女孩子向來容易形成小圈圈。因此當桌上甜點不知不覺所剩不多時，蔚可可、秋冬語和左柚已經靠在一塊，說著屬於女孩間的話題。

當然主要是蔚可可負責說，左柚時不時地加入幾句，秋冬語大多數是安靜聆聽的狀態。

一刻也趁機享受悠閒的午後，他靠著椅背，和人傳起了簡訊。

曲九江不知道窩哪去了，但他那麼大的一個人，一刻也不怕人走失。更何況，曲九江很可能做的是找個地方休息假寐去。

柯維安則是把自己的筆電搬出來，開始「噠噠噠」地敲起鍵盤。

那聲音引起了某人的注意力。

蔚可可馬上好奇地湊過去，想知道柯維安究竟在做什麼。

只是這一看，蔚可可不禁吃驚地張大眼。

筆電螢幕上是似曾相識的臉書粉絲團，頁面名稱則是「千與晴與耀的小天地」。

「柯維安你沒事開這幹嘛？」一刻暫時停止打簡訊，他皺眉地看著那網頁，又怎會認不出那是什麼，畢竟他們昨夜才見過。

那是莊千凌、紀晴兒與許明耀共同管理的粉絲團。

即使那三名高中生已經溺斃，但這個粉絲團依舊存於臉書上。

「嗯，其實我打算請師父幫忙刪掉……」柯維安移動鼠標，將網頁逐漸往下拉，「莊千凌他們不在了，但上頭還有不少圖都是老大放在P網上的。被他們擅自貼過來。老大可不喜歡這種事……啊，還有人留言要他們把圖做成卡片來賣，他們的回應是……」

柯維安將網頁再往下拉，立刻看到一則回覆。

千與晴與耀的小天地：因爲有幾張圖是從網路上抓的，雖然網路圖沒版權，但賣錢還是違法的。我可是查過著作權法（挺胸），人家是認眞的好管管喔（燦笑）#凌

「神經病。」這是一刻看完後的結論。

「嘛，這粉絲團果然還是刪掉得好，不然被老大看見了，鐵定會想拿著作權法砸人的臉，叫對方從頭到尾再看一次。」柯維安咂舌，「雖然現在也砸不到了。」

這時，一刻的手機傳來聲音，他低頭一看，是封新簡訊。

上面來。

「蔚可可。」一刻挑起眉，「妳剛傳了遊戲通知給妳哥嗎？」

「咦？有啊，你怎麼知道？」蔚可可一愣，投去狐疑的視線，想不透話題怎會忽然轉到這上面來。

「因爲有人要我轉告妳，先不管妳偷溜出來玩的事，妳要是再寄『SOS！莎莉有危險了！』的訊息給他，不管莎莉有沒有危險，妳都危險了。」

蔚可可俏臉瞬間刷白，想都不用想，她就知道一刻指的人是誰，她那個惡魔老哥！

「咿！宮一刻你竟然通敵了！」蔚可可花容失色地哀號。

「通個蛋，我只是在和蔚商白通簡訊而已。」一刻白了一眼過去，「妳這次回家自己皮繃緊一點吧。」

蔚可可大受打擊，她淚眼汪汪地面向左柚和秋冬語，想向她們尋求安慰。

秋冬語面無表情地張開雙臂，「可可，可以……投入我溫暖的胸膛。」

「嗚，小語！」蔚可可立刻撲入。

「一刻，吃完下午茶……你們有計畫要再去哪裡嗎？」既然蔚可可有人安慰了，左柚向一刻問道：「如果不介意，我帶你們到上面的不動明王石窟……去看看好嗎？」

「不、不動明王石窟!?」柯維安手一滑，在視窗裡按出一堆亂碼。不過，他也不管，急急便站了起來，「等等、等等！是那個超遠、要再走上一小時的石窟嗎？不要啊，小白！我的體力超差，戰鬥力只有五，我自願留守這裡，以免拖累組織！」

假使換作平常，一刻也不會強迫柯維安非得跟著。可是左柚開口了，而他一向不可能拒絕得了左柚。

「柯維安，認命吧，組織需要你。」一刻一掌拍在柯維安的肩膀上，神情嚴肅，「大不了你不行的時候……」

「小白，你要給我公主抱嗎？」柯維安的精神立刻來了。

「不，我會叫曲九江扛著你去。」一刻皮笑肉不笑地說。

柯維安的ＭＰ瞬間降到最低值，有如被霜打過的小草，「啪唧」一下地蔫了。

比起讓曲九江扛著走——當然前提是對方眞的願意出借一隻手，而以柯維安對他的認識，曲九江絕對、鐵定不幹的——柯維安還寧願自己走到氣喘吁吁、汗流浹背。

左柚提議帶眾人去的石窟，是一般遊客較少踏足的地方，主要是因爲那裡的山路曲折，路程也遠。

所以等到終於到達後，柯維安都想直接癱在地上，賴著不肯走了。

他當然沒眞的這樣做，因爲當他們望見石窟時，連帶地，也望見了兩條背對的人影。

看背影、看穿衣打扮，是兩名年輕的男性。

最先躍入柯維安腦海的是「觀光客」一詞，可是同時，左柚輕聲說話了。

「不是……人類。」

「老鼠味，難聞死了。」曲九江冷哼，指尖處似有紅光閃動。

石窟前的兩人猶然沒有發現到身後人的存在，他們高聲地你一言、我一語地爭論著。

如果這時候瓏月在場的話，她就能告訴一刻等人，那兩名男性是胥鼠一族的子二和子三。

「所以我說啊，一定是在這裡！」子二揮動手臂，大力指向石窟內，「推理小說不都這樣寫的嗎？石窟裡最有可能藏著密道了！」

「不對！要找到西山妖狐部落哪有那麼簡單？」子三不甘示弱地高聲反駁，他手指指向緊鄰石窟旁的水池，高處還有一條小瀑布垂墜下來，不間斷地在池面激起水花。「絕對是要跳進這池子裡，然後就能穿越過去了，奇幻小說都嘛這樣寫！」

「屁啦，是直接穿越到天國吧？」子二嘲笑，「而且你也不會游泳吧？」

「囉嗦，我可以閉氣，閉很長的氣！」子三惱羞成怒，「你的方法又有多好？那個石窟一看就知道不會有密道，要照我說的才能成功潛進西山妖狐的部落，再找到那個力量碎片，大哥到時就會對我們刮目相看了！」

是了，這就是這兩人爲何又重返岩蘿鄉的原因。

雖說當時他們三兄弟被瓏月一舉打敗，然而子二和子三在戰鬥中途就昏了過去，壓根不記得最後發生了什麼事。

因此即使子一之後三令五申地警告他們，忘記力量碎片的傳聞，也別再去岩蘿鄉了，他們兩人暗中還是大感不服，最後決定瞞著族裡，偷偷又來到岩蘿鄉。

由於那時趁夜前來，卻還是被瓏月逮個正著，這次子二和子三決定反其道而行，乾脆偽裝成觀光客，大搖大擺地在白日上山，來到了這處不動明王石窟前。

只是就在這兩名宵鼠族的年輕人爭得臉紅脖子粗、互不退讓的時候，他們的後方冷不防地響起了一道聲音。

「抱歉，打擾一下。想要闖進西山妖狐部落這事，還眞不能裝作沒聽見啊，而且老大也不會喜歡有人來踩他地盤的。」

老大？地盤？難道是妖狐族的！

沒想到現場還有第三人的子二、子三大震，立即停下爭執，雙雙猛地轉過頭，瞳孔裡也燃起青幽的顏色。而撞入他們眼裡的，是張無辜的娃娃臉，頰上還有些雀斑，看起來稚氣得像是國中生。

子二、子三本來想惡狠狠地嚇退這名不知死活的國中生，可是在他們發出威脅的咆吼前，他們就看見了國中生的斜後方還有一群人，兩男兩女。

「廢話省略，直接揍就行了。」眼神凶惡的白髮男孩說，十指折得卡卡作響，左手無名指還繞了一圈橘色花紋。

「要砍幾段？」綁著小馬尾的褐髮青年漫不經心地問，手裡持著雙刀，刀身烙著白紋，在他的下頷至頸子處也有著同色的花紋。

「哎哎哎，不再多問個幾句話嗎？然後通通作爲呈堂證供？」給人小動物感覺的鬈髮女孩睜圓了眼睛，手中抓著一柄碧綠長弓，右手手背至中指是淺綠的花紋攀繞。

「意見……無，照可可說的，就行。」說話時語氣平淡無波的是名長直髮的女孩，白皙的臉蛋看不出喜怒哀樂，五指握著一支平空浮現的粉紅色蕾絲洋傘。

「嗯，要我說的話，當然就由這裡的主人做決定吧。」娃娃臉男孩又說話。

子二、子三慢慢地轉過頭，看見上一秒手中空無一物的男孩，此時抱著一支與人等身高的毛筆。筆尖染著金豔色澤，就和他額上肖似第三隻眼的花紋同樣。

子二、子三被前所未有的震驚衝擊得似乎有些麻木了，他們呆若木雞地看著那五人。

不，應該說四名神使，還有一名非人類的女孩。

他們手腳發涼，先前還感受到的怒意，剎那間退去。

但彷彿嫌這樣的衝擊還不夠，從那五人的後方，又緩緩走出了一人。

褐金色的長髮、金澄的雙眼，還有頭頂上的毛茸狐耳，以及——身後展開的四條華麗尾巴。

那少女說：「我等西山妖狐並不歡迎不速之客，接下來還請見諒。我們的驅趕行爲，會比較……粗暴。」

隨著最後的兩字落下，子二、子三也想跪下了。

他們爲什麼不聽大哥的話？偏偏就是要來岩蘿鄉？他們這次確實沒再碰那上名紅頭髮的妖狐，問題是……他們碰上了四個神使，四個神使！

然後還有四尾妖狐！

這分明不叫踢到鐵板……根本是踢到超合金版本的超重量級板子啊！

那一天，耳朵靈敏點的妖狐都能聽到不絕餘耳的慘叫；而宵鼠族的兩人，則是重新體會到了暴力的恐怖。

〈岩蘿記事〉完

後記

後記有捏到劇情、有捏到劇情、有捏到劇情。

重要的事說三次，所以記得看完正文再看後記喔。

范相思的眞正意圖終於揭曉了，有人猜對她的眞實身分嗎？沒錯，就是三年前離家出走的那位執行部部長XD

在描述三年前部長模樣的時候，有不少人猜會不會是金牛星畢宿。不過當初帝君在介紹公會就說過，公會裡只有她一位神明而已，其實這就是小小的線索了。如果金牛星也是公會一員的話，帝君就不會特地說「只有她一位」了。

至於大家很關心的紫藤花美少女，確定會在繁星大學裡落腳了；就另一方面來說，她成了一刻等人的新鄰居。雖然她和符家的糾葛到此告一段落，不過接下來，就是換柯維安和符家之間的糾葛要浮上檯面了。

被說應該是符家人的柯維安，爲什麼會是帝君作爲他的監護人？又爲什麼他會成爲神使而不是狩妖士呢？

而在符家裡，又有著和「唯一」有關的神祕妖怪在等著一刻等人，將會引發出什麼樣的風波？

這些問題～當然不會在卷八裡就一次通通告訴你XD

咳，總要留點懸念才有驚喜嘛，而且這也表示將要進入屬於柯維安的故事劇情裡了！

最後恭喜蘇家雙子正式現身～這次不是只現聲而已了。繼上次搶先在拉頁登場後，卷八換登上封面了！蘇染的絕對領域超棒，美少女果然最能撫慰人心了！

那麼，照慣例的關鍵字預告時間又來了～

青絲、情絲，符家的乞月祭典

我們下集見了～

醉琉璃

神使繪卷の小劇場！

珊琳：小白大人、百罌，你們看！是爺爺送我的大熊熊！

楊百罌：等等，珊琳，這隻熊怎麼會纏滿繃帶……我明明記得這應該是泰迪熊……

珊琳：可是，熊熊不就要纏滿繃帶？我看小白大人的熊熊就是這樣耶。

小白：……抱歉，是我的錯。

神使繪卷
The Story of GOD's Agents

【下集預告】

神使出任務，但這次居然要去符家踢館？
狩妖士三大家之一的符家，究竟隱藏什麼祕密？
在那裡，柯維安隱藏的過往即將被揭露……

卷九．祀典與惡戲

10月，火熱推出！

路邊攤　著

最新校園傳說、令人戰慄又懷念的校園鬼故事！

見鬼，就是我們社團的宗旨！還記得學生時代校園裡百般的驚悚鬼故事嗎？故事的開頭總是「聽說」而不是「我看到」。因爲沒有人眞正看到過，所以更有無限的想像空間……

當教室是通往異界的入口、廁所鏡子是勾人心魄的凶器、自然現象中加上了絕對無法想像的「東西」後，你還確定世界是安全的嗎？誰知道這些故事（事實？）何時會消失，何時會再度甦醒？

見鬼社

明日葉　著

淡淡心動滋味，無厘頭搞笑風格，夏日清爽開胃讀物！

炎炎夏日某一天，故事就從女孩向男孩搭訕的第一句話開始——
「你好！我是外星人，可以跟你做朋友嗎？」
這天外飛來的清靈美少女頭腦似乎……有點怪？
女孩無厘頭的個性，讓男孩平靜的校園生活瞬時風雲變色。不過，所有事件的背後都藏了無數巨大的祕密，讓人意外的眞相說明了她的「超能力」，也解釋男孩腦中的異樣感。
那天，在櫻花樹下許下的願望是……

外星少女
要得諾貝爾和平獎

醉琉璃　著

揉合神話與青春校園的奇幻冒險!

宮一刻是個熱愛可愛事物的不良少年，莫名車禍後，他開始能見到人類身上冒出的「黑線」。滿懷不解的他第一次遇上渾身粉紅蕾絲邊的可愛女孩時，就不應該再奢求平靜的校園生活了……

蘿莉小主人、靈感雙胞胎、僞娘戰友、巴掌大壞心眼少女……無敵怪咖成員們，織成驚心動魄兼囧笑連連的每一天。以線布結界、以針做武器，還要和名爲「瘴」的怪物作戰，不得已訂下契約的一刻，將展開一段名爲熱血的打怪繪卷！

織女系列（全八冊，番外一冊）

醉琉璃　著

《織女》二部來襲！不管是神明、人類或妖怪，都大鬧一場吧！

不思議事件狂熱者室友A，是個手持巨大毛筆的「神使」？一臉酷樣的少女殺手室友B，還是個活生生的「半妖」？這些宛如動漫的名詞突然殺出，低調眼鏡男只能輸人不輸陣，變身了！？

不敬者破壞封印，釋放了不該釋放之物！神使公會曝光，舊夥伴、新搭檔陸續登場——「他」無奈表示：爲啥我得聽一個男人說「我願意」呀!!

神使繪卷系列（陸續出版）

香草　著

脫掉裙子、剪去長髮，誰說公主不能大冒險！
心跳100%，詭異夥伴相隨的刺激旅程！

一連串恐怖陰謀與噩耗的重擊下，西維亞公主一肩扛起天上掉下來的任務：「解救皇室危機」
在淚眼朦朧卻有一副好毒舌的侍女「歡送」下，
聚集超級天然呆魔法師、知性腹黑與爽朗隨性的青梅竹馬騎士長，
西維亞正式展開以守護國家爲名的嶄新冒險。

傭兵公主系列（全六冊，番外一冊）

香草　著

史上最沒幹勁的勇者，被迫上路！

夏思思是個絕對奉行「能坐不站、能躺不坐」的17歲少女。卻被自稱「眞神」的神祕美少年帶到了異世界！身爲現役「勇者」，也爲了保住小命，她只好心不甘情不願地踏上保護世界的麻煩旅程。

誰知道旅程還未展開，思思便被史上最「純潔」的魔族纏上？帶著一夥實際身分是聖騎士、偏偏又很難搞的夥伴，決定兵分兩路行動的新手勇者夏思思，前途無法預測！

懶散勇者物語系列（陸續出版）

香草　著

撲朔迷離的預言、一分爲二的神力，
史無前例超級尋人任務，黃金單身漢一文二武通通撩落去！

由史上最年輕丞相與左右將軍組成的神使團，
在意外不斷的尋人過程中，遇上名爲「琉璃」的俏皮女孩，
她背景成謎、意圖不清，卻武藝、解毒樣樣行，
屢屢向神使團伸出援手。
伴隨著危險與希望，吵吵鬧鬧的一行人，
將往預言中神子的所在地踏出旅程……

琉璃仙子系列（陸續出版）

可蕊　著

異世界的新手，驚險連連的冒險新章！

眞是巧合？還是有人背後搞鬼？工作飛了、正面臨斷糧危機的楚君從意外甦醒後，發現自己和愛貓娜兒掉入了某個彷如電玩遊戲的奇幻國度，靈魂更雙雙進入了擁有「絕世容貌」的新軀體！

楚君和娜兒對新世界沒有任何知識與概念，但屬於「身體」的原始記憶，卻在接近眾傭兵團目標之地後漸漸覺醒。她們的身體原來是誰的？這些記憶是否具有特殊意義？而楚君手中那枚拔不掉的詭異戒指，要如何在一卡車「狩獵眞有趣」的生物環伺下，解救主人？

奇幻旅途系列（陸續出版）

國家圖書館出版品預行編目資料

神使繪卷. 卷八,水瀾與符 / 醉琉璃 著.
——初版. ——台北市：魔豆文化出版：蓋亞文化
發行，2014.08
冊； 公分.（Fresh；FS068）
ISBN 978-986-5987-50-3
857.7 102019923

作者 / 醉琉璃
插畫 / 夜風　　封面設計 / 克里斯
出版社 / 魔豆文化有限公司
地址◎ 台北市103赤峰街41巷7號1樓
電話◎（02）25585438　傳眞◎（02）25585439
網址◎ www.gaeabooks.com.tw
部落格◎ gaeabooks.pixnet.net/blog
電子信箱◎ gaea@gaeabooks.com.tw
投稿信箱◎ editor@gaeabooks.com.tw
郵撥帳號◎ 19769541　戶名：蓋亞文化有限公司
發行 / 蓋亞文化有限公司
法律顧問 / 宇達經貿法律事務所
總經銷 / 聯合發行股份有限公司
地址◎ 新北市新店區寶橋路二三五巷六弄六號二樓
電話◎（02）29178022　傳眞◎（02）29156275
港澳地區 / 一代匯集
地址◎ 九龍旺角塘尾道64號龍駒企業大廈10樓B&D室
電話◎（852）2783-8102　傳眞◎（852）2396-0050
初版二刷 / 2018年8月
定價 / 新台幣 240 元
Printed in Taiwan

ISBN / 978-986-5987-50-3

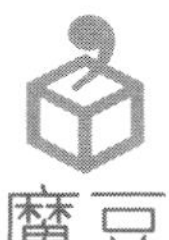
魔豆

魔豆